*Rialta*

*ou*

*La nostalgie de l'amour*

Michel REDON

# *Rialta*
# *ou*
# *La nostalgie de l'amour*

IBIS ROUGE ÉDITIONS

Du même auteur :

**Romans :**

*Le pensionnaire du Grand Collège*, roman, Ibis Rouge Éditions, Matoury, 2004.

*La Saison de l'anaconda*, roman, Ibis Rouge Éditions, Matoury, 2005.

*Un récit guyanais*, roman Ibis Rouge Éditions, Matoury, 2010.

*L'heure exacte*, roman, L'Harmattan, Paris, 2015.

**Nouvelles :**

*La Nuit de Mahler*, nouvelles, L'Harmattan, Paris, 2010

*Léocadia et autres petits éloges de la mélancolie*, nouvelles, L'Harmattan, Paris, 2012.

**Essais :**

*Paroles d'enfants, paroles de juges*, essai, L'Harmattan, Paris, 2005.


**Matoury, Guyane**

http://www.ibisrouge.fr

ISBN : 978 - 2 - 37520 - 507 - 5

À Eugénie, bien sûr…

# 1

« Sais-tu ce qu'est l'amour ?

— Je vais te répondre avec humour. L'amour peut être parfois une forme de cannibalisme très agréablement pimentée. Tu vois, on commence toujours par se dévorer des yeux, ce qui est que tu le veuilles ou non, une programmation du plaisir que donne le regard sur le plat, puis on se mordille, on se goûte et même on se lèche. On dit en parlant d'amour qu'on aime les plaisirs de la chair et en parlant de la chair on évoque sa tendreté ou selon certains endroits privilégiés sa fermeté. N'est-ce pas tout un langage culinaire ? Il y a aussi les recettes de l'amour, ses ingrédients... On y met du sel, un peu de piment, surtout pour compenser quelque fadeur due à l'habitude, et certains aiment le goût poivré de la peau ou bien la frange de sel qu'elle retient à merveille après un bain dans la mer. Il y a donc une corrélation très forte entre le langage de la cuisine et celui de l'amour...

— Oui, mais de là à parler de cannibalisme ?

— Bien sûr, ce sont là des mots de l'amour, que je n'ai fait que prendre au sens primaire, encore que... Mais doutes-tu que l'amour puisse quelques fois être du cannibalisme ? Ce n'est pas au sens de la dévoration de la chair, du désir de la bouche ou de ce langage culinaire qui est quand même très étrange à propos de l'amour, tu ne trouves pas ? C'est au sens d'une autre dimension, bien sûr, celle de la relation amoureuse. Quand je te dis que l'amour est cannibale, suis-je dans l'erreur si je te dis que un plus un en amour ne fait souvent qu'un et que forcément l'un des deux a été dévoré par l'autre ? Mais ce qui est surprenant c'est que celui qui a été dévoré l'a voulu, il l'a désiré et accepté avant même que l'engloutissement ne se produise.

— Mais Adrien, l'amour ce n'est pas que cela. C'est aussi une convergence presque parfaite. Une égalité, un équilibre, une joie.

— Bien sûr, il doit être cela. Même s'il n'est parfois seulement que la croyance en cet équilibre et cette joie.

— Mais toi ?

— Quoi, moi ?

— Toi, ne recherches-tu pas au moins cette joie ?

— C'est parfois très compliqué... Ce que je sais, c'est que le jeu de l'amour cannibale finit très souvent assez mal et que ce que tu appelles la convergence parfaite peut être un immense plaisir mais tout aussi douloureux.

— C'est toi qui es un peu compliqué, non ? »

Marisol se tient allongée sur le ventre en travers du lit. Les joues entre les mains, elle regarde le tapis. Adrien lui caresse le dos. Deux doigts qui montent et descendent lentement le long des vertèbres, de la nuque jusqu'à la plissure tendre des fesses. Seulement le bout des doigts, très légers et à peine insistants. La peau de la nuque et du dos tiède et sèche, la faille entre ses cuisses, plus chaude. Une peau soyeuse, élastique, qui se rebelle ou se soumet en tout petits frissons sous l'insistance des doigts. D'un seul coup, elle s'est retournée et est venue plus près de lui et ses doigts à elle ont pris la place des siens et c'est lui qui se rebelle et se soumet.

Ils se sont rencontrés trois semaines plus tôt, au vernissage d'une exposition de peinture haïtienne, peinture qui leur était à peu près aussi inconnue que la mathématique d'Euclide. On sait ce que sont ces rituels artistiques et sociaux : de quoi manger un peu et de quoi boire beaucoup ; des salutations d'une politesse indifférente et parfois quelques engouements véritables. La peau très sombre de ses épaules nues, la masse des cheveux en tourbillons plutôt clairs et les yeux verts lui avaient signalé les souvenirs d'un exotisme. Lui, nonchalant et un peu ivre lui était apparu comme une invitation. C'est ainsi qu'ils se sont trouvés devant le corps noir, nu et plein d'une femme les bras croisés sous la nuque, allongée sur un canapé rouge, près d'une corbeille de fruits. Les cuisses rondes et le ventre aussi, les seins lourds comme des fruits au jus trop mûr, autour du cou un collier de grosses perles blanches, de la même nacre que ses dents, odalisque caraïbe, mère au repos enivrée de la chaleur d'un après-midi, femme épuisée abattue de trop d'amour, simple modèle du peintre payé pour quelques poses, ou bien plus simplement le rêve d'une femme désirée. La toile est à présent sur le mur de la chambre et la femme nue les regarde dans son sourire étrange qui peut selon les moments et leurs lumières être dédaigneux ou amical. Certains tableaux ont cette faculté de changer leurs couleurs et leurs lignes selon l'instant du regard qui se pose et en ce moment, la femme du tableau regarde amusée les doigts glisser sur la peau.

*

* *

« Sais-tu encore ce qu'est l'amour ?

— Peut-être que je le sais, Jeanne, peut-être que je ne le sais plus. Je sais le désir, la joie et aussi la tristesse. Et toi ?

— Je savais cela aussi. Pourquoi es-tu revenu Adrien ? Je me passais de toi, je ne te désirais plus, tu n'étais plus ma joie ni ma tristesse.

— Je ne suis pas vraiment revenu, c'est nous qui nous sommes rencontrés. Et à présent ?

— Je ne sais plus. Depuis quelques jours, je t'ai désiré et je t'ai laissé me désirer, nous avions aboli le passé. Mais maintenant, c'est à demain que vont mes souvenirs de toi. Nous sommes venus, nous nous sommes appelés, mais pour quoi faire ?

— Tu étais tout à l'heure une femme attirante et tu m'as attiré. Quelle différence y a-t-il entre aujourd'hui et ces vingt années passées ? Presque vingt années. Tu m'as attiré autrefois et tu m'attires aujourd'hui : c'est la rémanence de toute femme aimée.

— Entre-temps, nous nous sommes déchirés, séparés, opposés puis perdus, je pourrais te dire très exactement depuis combien d'années, de mois et de jours. Quel sens a notre retour ?

— Peut-être que nous n'avions pas fini. On dit : c'est fini et bien fini... Bien ? Rarement... Mais fini ? Qu'est-ce qui finit ? Tu le sais, toi ? Moi je ne le sais pas.

— Mais nous avons eu d'autres amours...

— Certainement. Et pourtant, sur ce lit, il y a toi et moi.

— Je ne veux plus d'une attache qui comme une laisse me lierait toujours à toi !

— Je devais avoir des tendresses à te donner que ces années passées n'ont pas épuisées et aussi des tendresses de toi à recevoir que je n'avais pas assez reçues. J'aime ton corps devenu lourd, aussi lourd que le mien, nos jointures durcies, nos gestes plus lents, notre quête si lente...

— Moi aussi, mais tu ne me parles pas de demain...

— Non, cela n'aurait pas de sens. Nous sommes une nostalgie de l'amour. »

Dans la chambre, le nu haïtien rigole. Rialta, c'est son nom, elle le tient de son père qui était venu à Saint-Domingue depuis la Colombie. Nostalgie de l'amour... Tu parles ! La jolie jeune femme de l'exposition est déjà oubliée ! Vous voilà sur des retours d'années anciennes, elle, timide, un peu apeurée de se trouver là dans le lit et lui, qui ne sait pas vraiment ce qu'il est en train de faire. Une femme quittée il y a longtemps et qui se donne au rendez-vous, un homme comme un maçon entêté qui essaie de rebâtir le mur qu'avec la même obstination il a détruit. Et les voilà tous les deux, dans l'entortillement des draps, le corps nu, sans bien savoir comment ils doivent faire pour se rejoindre.

« Je ne suis pas nostalgique de toi !

— Et de toi, moi non plus ! Mais nous sommes toi et moi une nostalgie. Celle de ce que nous n'avons pas dit ni fait ensemble. Des tas de gens sont des nostalgies, parfois sans le savoir. C'est maintenant que nous pouvons tenter de combler ces vides.

— Mais pourquoi faire ?

— Peut-être pour rien. Vouloir les combler suffit. Nous pouvons accomplir à présent ce que nous n'avons pas fait.

— Et quand nous l'aurons accompli ?

— Rien. Ou peut-être tout. Nous ne le savons pas, pas plus que nous le savions autrefois. Nous éprouvons, et cela est déjà beaucoup.

— Tu sais, toi, ce que j'éprouve ?

— Je ne sais que ce que tu me dis. Ce que tu ne dis pas, je ne cherche pas à le deviner. Mais ne cherche pas toi non plus à deviner ce que j'éprouve : si j'ai envie de te le dire, je te le dirai. »

*

*  *

Ils sont sortis. Sur le mur de la chambre, Rialta délace les bras sous sa nuque et elle se tourne sur le côté. Il fait si chaud dans ce début d'après-midi de juin, pas un souffle d'air de la fenêtre ouverte sur la rue qui ne donne que les voix des passants, les appels éraillés des femmes qui veulent vendre leurs derniers paniers de fruits, le raclement des pas traînants des chalands en retard venus acheter trois oignons, une cristophine, deux ignames et un piment, un ananas bien mûr qu'on découpera vite fait en tranches fraîches et sucrées dans un saladier de fausse porcelaine, un poisson encore comestible malgré la matinée bien avancée ou une poignée de grosses crevettes juteuses, un morceau de poulet pour cuisiner un riz. Elle, elle n'a plus le temps de bavarder avec les commères de la place, de prendre bruyamment parti au sujet d'un homme qui a crié tantôt colère tantôt tendresse sur une de ces femmes. Elle doit attendre la fin du jour. Elle ne peut que se tourner sur le canapé rouge qui lui a été assigné, croiser ses bras ronds sous sa nuque, le ventre bombé offert à un regard inconnu, jusqu'au moment de la fin du jour et de la fin de la lumière ; elle se lèvera alors de sa pose, elle se massera le ventre, elle ira vider les jets de sa vessie trop pleine aux toilettes communes en bas de l'amoncellement des cases, elle criera sa marmaille et son homme, le dernier, celui qui s'est offert avec son salaire de la semaine une roquille de rhum blanc à soixante et qui va au début de la nuit frotter de son pas incertain les marches de bois de l'escalier. Cet homme, qui sent la sueur du travail et l'alcool de la canne, est-ce encore vraiment le sien ? Elle a écouté les murmures de Jeanne et d'Adrien et elle a rêvé de draps blancs aussi parfumés que les fleurs du ciel. Ceux-là, ils peuvent se dire des charretées d'amour et se lever au matin aussi propres que des petits communiants. Elle peut lui dire sur le lit encore frais des mots d'aimer et lui il peut se glisser dans ses cuisses, mais elle, spectatrice sur le mur de leurs étreintes, elle sait depuis longtemps que rien ne dure vraiment. Depuis qu'elle est dans le tableau. Elle a repris sa pose, celle que ce peintre avait voulue, elle n'arrive pas à se souvenir de son nom, il l'avait pourtant aimée lui aussi, et elle n'a plus bougé. Elle les attend. Simple curiosité, au cas où pour une fois ils décideraient de la garder avec eux dans leur chambre. Des chambres, elle en connaît beaucoup, plus que des salons ou des salles à manger, car c'est le plus souvent dans une chambre qu'on l'accroche au mur. Un nu de femme offert à tous les regards dans une pièce comme un salon c'est plutôt rare. Des couples, des hommes ou des femmes seuls, elle en a connu des dizaines, toujours curieuse de savoir chez qui elle va se trouver. Mais au fond, il n'y a pas grande différence, c'est presque toujours la même chose : un homme, rarement une femme, passe deux ou trois fois devant la vitrine où elle est à vendre, demande le prix, fait la moue, toujours la même, puis revient trois jours plus tard, la marchande un peu pour finir par l'emporter sous son bras, soigneusement enveloppée de papier brun pour que personne ne puisse voir sa nudité. Elle est alors avec un clou et un marteau savamment fixée sur un mur ; quelques mois ou quelques années, à peine le temps de s'accoutumer à leurs habitudes, puis on la décroche, on la revend à des amis ou à un autre marchand qui s'efforce de vanter ses qualités jusqu'à ce que quelqu'un d'autre l'emporte. Elle en a l'habitude. Femmes à dentelles de France ou d'Espagne, lacets des fines bottines luisantes qu'on délace, simples savates de corde jetées sur le tapis, corsages blancs, toiles empesées de Hollande ou chemises rêches qui collent à la sueur de la peau, jupons blancs, pantalons de coutil, vérité des nudités, elle a tout vu. Hommes pressés, hommes empressés, femmes offertes, femmes rétives, des murmures, des baisers, des enlacements et des embrassements, des promesses, des regards, des regrets et des parjures, des colères et des larmes, des corps séparés, des corps rejoints, elle sait tout de leurs amours. Ceux-là qui l'ont rapportée de l'exposition où on l'avait exposée, puis qui l'ont fixée sur le mur près du lit d'une chambre, elle les a regardés d'abord avec amusement à cause de leur nouveauté, puis elle a su que c'était lui et lui seul qui l'avait choisie. Elle s'est donc un peu attachée à lui, à cet Adrien, au prénom d'empereur romain et de pêcheur de crevettes de la côte sous le vent. Au-dessous d'elle, quand les corps s'insinuaient, elle a eu envie de leur crier que le mouvement des sexes est une belleté que le ciel et le soleil leur offraient, mais un je ne sais quoi l'a empêchée de le dire. Aimez-vous et gardez-moi avec vous ! Cela non plus, elle ne l'a pas dit, un nu peint à l'huile allongé pour l'éternité sur un canapé rouge ça ne parle pas.

## 2

Ce dimanche matin, Adrien est seul. Allongé dans le lit, il essaie de deviner à travers la lueur du jour dans les fentes des volets s'il va faire beau temps. Il finit par se lever et se trouve devant le tableau. Il observe un moment ses formes plus que pleines et se dit que cette femme avait du être très belle. Une peinture un peu naïve, sans grand respect des perspectives et des proportions, mais une œuvre forte, toute en formes et en couleurs. *Nu au canapé rouge*, Port-au-Prince, années 1920, précisait le catalogue de l'exposition. Il sourit et lance un clin d'œil à Rialta.

Il a promis à Jeanne de passer la journée avec elle. Tout en se rasant après la douche, il se met à penser à ce qui lui arrive depuis quelques jours. Nostalgie de l'amour... C'est une chose plutôt curieuse que cette séduction d'êtres qui se sont quittés depuis si longtemps. Il n'avait encore jamais vécu une telle situation. Il a dit à Jeanne que rien ne finissait jamais et quand il l'a dit il était sincère, mais à présent devant la glace embrumée au-dessus du lavabo, il se demande ce que cela voulait vraiment dire. Peut-on parcourir une nouvelle fois les chemins qu'on a abandonnés pour d'autres ? Peut-être tous les chemins que nous croyons suivre librement, de notre seule volonté, nous ramènent-ils au même endroit, celui qui nous est exactement destiné. Il fait attention comme chaque matin quand le rasoir aborde la lèvre supérieure, c'est là que la peau s'irrite contre la lame. L'acier fait une peau lisse et douce au toucher et au baiser, une peau neuve pour quelques heures. La lame rase aussi les aspérités du passé, les regards baissés, les pleurs et les colères, les remords et les regrets et tous les silences accumulés. Elle peut tout emporter dans l'eau et la mousse du savon, elle ne laisse en face du miroir qu'un visage frais et reposé. Un peu d'eau chaude sur les joues et le menton, puis le dos de la main satisfaite de sa caresse très lisse. Adrien se sourit.

Les narines de Rialta ont senti le parfum de son eau de toilette dès qu'il est revenu dans la chambre pour s'habiller. C'est une eau d'orange amère qu'il a achetée dans un couvent de Florence. Par chance, son immobilité peinte l'a tournée du côté où Adrien est en train de choisir ses vêtements. Elle scrute sans aucune gêne le corps nu, d'une quarantaine largement dépassée et un peu massive, les jambes, les cuisses, le sexe sous le ventre, les hanches incertaines et le torse large : le corps d'un homme doucement vieillissant.

Adrien que je connais à peine… Tu ne sais pas que tu as le nom de ce pêcheur de crevettes qui venait chaque soir vendre ses casiers ; il hisse sa yole bleue sur la plage, l'amarre d'une corde pour que la marée ne l'emporte, puis il rejette sur la nuque le grand chapeau de palmes tressés, il a le pas nonchalant de ses pieds nus sur le sable et un sourire d'enjôleur qui vante aux femmes ses belles marchandises de pinces levées. Je lui en ai achetées de ces grosses crevettes belliqueuses qui rougissent dans mon court-bouillon. Il me regarde de son sourire, cet Adriano à la peau d'un noir aussi profond que le bleu d'acier du ciel dans la nuit, ses dents sont des perles rares, et un soir je l'ai suivi. Il sent la mer et le soleil, ses bras sont des étaux de fer qui me tiennent sur son torse ; il a les reins violents, aussi mugissants que les vagues par temps de grosse houle. Il ne jette l'ancre que quand la lune pâlit et dort alors quelques heures avant que la lumière du jour ne vienne caresser nos corps dans sa cabane. Adrien a à peine vingt ans, j'en ai dix-sept et il est mon premier amant. Une méchante balafre au ventre, une nuit de boire et de défis au couteau d'hommes ivres dans une case à rhum au milieu des baraques en bois et en tôles derrière le port me l'a emporté. J'ai longtemps hurlé son corps de sang qui ne me couvrirait plus dans sa cabane sur la plage. Il ne me reste rien de lui, même pas un enfant, seulement l'odeur de mer et de crevette des casiers empilés près de son lit. Toi, tu vas retrouver l'odeur de la peau de cette femme de ta jeunesse, moi je vais t'attendre, je n'ai rien d'autre à faire. Je vais sûrement rêver aussi, le canapé rouge est parfois un bateau qui m'emporte sur la mer.

*

* *

Jeanne a envie de pleurer. Elle recroqueville ses pieds sous ses fesses, les bras autour de l'oreiller, et quand elle sent que son corps est prêt, bien pelotonné sous la tiédeur du drap, elle se met à pleurer. Adrien est revenu et elle est allée vers lui. Le passé n'est pas aboli, ni les reproches si longtemps étouffés, ni les disputes, ni les étreintes, tout cela qu'elle a eu tant de peine à tenir profondément enfoui, remonte à présent par vagues sur la crête de sa mémoire, c'est un souvenir à vif. Elle se demande pourquoi elle a eu le désir de laisser aller doucement sa tête sur son torse; le désir de son corps d'autrefois, de sa voix, de son regard, le désir peut-être de tout oublier de ce qui les a conduits à l'abîme. Et maintenant ? Adrien, l'a dit : rien. Aucune promesse, aucun serment, pas même un mot d'amour, un des ces mots de leur adolescence amoureuse. Elle est folle. Avoir mis tant de temps à le quitter, à apprendre à aimer et désirer d'autres hommes, pour en être là, à pleurer parce qu'il va venir passer le dimanche avec elle. De lui, elle n'a presque plus rien su, seulement quelques confidences d'anciens amis communs, la ville est si grande qu'ils ont pu y vivre sans jamais se croiser. Ils ne se sont pas revus depuis les derniers actes chez le notaire, c'était il y a si longtemps. Et puis cette exposition de peinture des Caraïbes où le vide et l'ennui d'une pause déjeuner l'ont conduite. Il se faisait emballer une toile qu'il avait réservée quelques jours plus tôt. Elle l'a reconnu à sa voix car de dos, sa silhouette était devenue plus massive, la calvitie plus prononcée, et si ce n'avait été la voix, elle ne se serait pas approchée. Il s'est à peine retourné quand elle a été près de lui, comme si sa présence à ce moment-là avait été tout à fait naturelle. Il lui a souri et lui a montré la peinture d'une femme haïtienne nue sur un canapé rouge. Rien, pas un mot ou un geste de surprise de la voir après tant d'années d'absence, seulement lui montrer son acquisition en lui disant : « Elle te plaît ? » Elle a seulement incliné la tête. C'est cette huile qu'il a accrochée dans sa chambre. Une peinture qu'il lui arrive de trouver dérangeante depuis qu'elle occupe parfois le lit d'Adrien. Un regard moqueur, sans concession aucune. Cette femme la gêne. Se prélasser nue sur un canapé, la fenêtre ouverte sur la rue, sans avoir rien d'autre à faire qu'écouter les commères du marché aux légumes, les cris âpres des marchandes de poisson, des cascades de rires aussi, Jeanne ne l'a jamais fait. Elle n'en a jamais eu le temps, ou plutôt, elle aurait trouvé cela inconvenant. Maintenant, elle jalouse un peu cette belle femme aux formes pleines qui peut passer son temps à sourire à la rue. Elle aurait du faire comme la belle Haïtienne inconnue au lieu de gémir sur ses amours. Une fois le tableau emballé, il a passé son bras sous le sien et il l'a entraînée au dehors : « Dis, une acquisition pareille, ça se fête ! Tu as déjeuné ? Non ? Crois-tu que nous sommes capables de nous asseoir à une table sans nous jeter la salade à la figure ? » Ils sont allés s'asseoir à la terrasse de la première brasserie qu'ils ont aperçue. Ils ne se sont pas jetés la salade à la figure, d'ailleurs, ils n'ont pas pris de salade, peut-être par précaution, encore que les tagliatelle à la tomate ce n'est pas mal non plus pour régler quelques comptes sanglants. Il l'a raccompagnée jusqu'à son bureau et au bas de l'immeuble de la banque où elle travaille, il lui a furtivement caressé la joue. « Tu me donnes ton numéro ? » Elle n'a pas réfléchi et le lui a donné aussi facilement qu'il lui a laissé le sien. Le soir même, il l'a appelée. Elle l'a appelé elle aussi le lendemain matin et ils ont une nouvelle fois déjeuné ensemble. Elle a ri, le même rire d'autrefois et quand il l'a accompagnée jusqu'à la banque, elle lui a donné le bras. Maintenant, elle l'attend en pleurant. Elle pleure parce que l'amour n'est pas mort.

Rialta lui aurait dit que l'amour ne meurt jamais, c'est ce qu'elle a appris de tant aimer. Un amour recouvre l'autre mais un jour, toutes ces peaux légères se mettent à vivre, un léger tremblement, une respiration, un murmure, quelques émotions furtives puisées dans des souvenirs et l'on se trouve un soir ou un matin tout recouvert d'une pelisse d'amour. Mais cela, Jeanne ne le sait pas encore. Il lui aurait fallu vivre toutes les vies de Rialta, un siècle entier au moins, pour le savoir. C'est l'avantage que Rialta a sur elle. Rialta a cent ans d'amour. Pas une belle au bois dormant qu'un baiser éveille de cent ans d'un sommeil très sage, mais une femme toujours aimée et désirée et qui a tenu à rendre en riant à la vie ce qu'elle lui a apporté chaque jour. Jeanne se sent émerger d'un sommeil, ce qui lui donne la migraine et la fait pleurer. Elle aurait du s'allonger sur un canapé tandis qu'un peintre amoureux de son corps se serait mis en la regardant, à en dessiner les traits sombres sur le fond rouge, exagérant par désir, les lignes de ses hanches et des ses seins, mais elle ne l'a pas fait. Elle s'est seulement assise dans son lit et elle a pris dans ses mains sa poitrine qu'elle a trouvée trop molle pour être spontanément offerte aux baisers. Elle a pressé son ventre un peu distendu, mais à peine, merci à la gymnastique bi-hebdomadaire et aux séances studieuses de natation du jeudi soir à la piscine du quartier. Son corps, c'est une chair de quarante-cinq ans, une chair douce et chaude, la chair qu'aime Adrien, il le lui a dit. Il le lui a dit et elle l'a cru.

Nostalgie de la chair… La sienne, douce et dure à la fois, la force de ses muscles quand il l'enserre dans ses bras, les gémissements de sa chair vive dans sa chair à elle. Nostalgie de l'amour ? Cela n'a aucun sens. Elle ne veut pas vivre des réminiscences mais le nouveau temps présent, seulement cela. Un temps qui ne débouche pas obligatoirement sur un avenir pensé, ni même désiré. Cet homme, elle s'efforce de se persuader qu'elle ne le connaît pas. Ainsi, comme pour chacune de ses rencontres amoureuses, elle veut aller à la découverte, parfois exaltée, parfois déçue, mais sûrement pas pour vivre avec lui seulement des souvenirs d'amour.

*

*   *

Le jour de ce dimanche s'éteint. La lumière meurt dans les persiennes closes. Assez lentement encore pour que Rialta puisse voir leurs corps, lui allongé sur le dos, elle sur le côté, la tête posée sur son torse. Elle aspire à pleines narines leur odeur, cette fragrance de l'amour humain qu'elle connaît si bien, celle qu'elle respirait à s'en faire tourner la tête quand Adriano l'avait aimée dans la cabane sur la plage. La même, ou presque, il lui manque quelques pointes de poivre et de piment. Les formes de Jeanne lui plaisent, elle aime bien cette plénitude des hanches et du ventre. C'est aussi ce qu'aimait ce peintre... Joachim... Elle se souvient à présent, il s'appelait Joachim, un mulâtre clair de Port-au-Prince dont l'atelier n'était qu'une case mal dégrossie, de planches et de tôles à peine ajustées sur de la terre battue, tout au bout d'une rue où couraient des poules ébouriffées sous le regard lourd des chats pelés qui ne faisaient pas semblant de sommeiller. Tout au fond de la case, comme un décor de théâtre, quelques tentures au grenat raidi de poussière et de saleté, un guéridon avec un vase bleu ébréché qui recevait parfois quelques fleurs fraîches, les jours de nouvelle venue d'un modèle, une fille jeune et jolie de préférence, et le canapé rouge, d'un velours décrépit, taché et troué sur lequel il l'allongeait, d'abord pour la peindre, ensuite pour lui faire l'amour. Joachim ! « Tu seras princesse quand j'aurai achevé la toile sur laquelle je te peins et aucun homme de l'île ne voudra plus d'autre femme que toi quand il t'aura vue. Ce jour-là, celui du dernier frôlement de mon pinceau, de ma dernière touche de couleur, le jour de la dernière caresse de mes doigts, tu seras libre de moi, Rialta, car je t'aurai enfin rendue éternelle ! »

C'est ce que ce fichu gribouilleur lui a dit et il a tenu parole. Dès que sa main a posé le pinceau, l'a essuyé savamment d'essence, a pris le chiffon pour se nettoyer les doigts, lentement un à un et dès ce moment-là, il ne l'a plus regardée. Ce n'est pas tout à fait exact : il l'a mise dans le tableau et il n'a plus eu besoin de sa présence physique puisqu'il peut la contempler dans sa peinture. Cela, Rialta ne l'a compris que bien plus tard, quand pour ne pas mourir tout à fait, elle a accepté de rejoindre la toile où elle peut désormais vivre. Joachim a tenu sa promesse : elle est devenue éternelle.

Et eux ? Éternels, certainement pas, ils ont encore bien trop d'incertitudes inquiètes et de certitudes inutiles. La nostalgie de l'amour, c'est une chose impossible, tirée d'un néant et destinée à y retourner un jour, s'ils ne parviennent pas à fabriquer un peu de présent. De ce présent qui vaut souvent toutes les promesses d'éternité.

# 3

Génie balance ses hanches, elle n'y peut rien, c'est comme cela qu'elle marche, une jambe après l'autre, jetée en avant du trottoir, et si ça fait danser ses fesses elle n'y est pour rien. Adrien derrière elle, sifflote un air gai. Il vient de se rendre compte que son air bat la mesure exacte des jambes qui vont devant lui. Il essaie d'en changer mais rien n'y fait, c'est le pas de Génie qui lui donne la mesure. Ils vont la même rue montante dans la vieille ville, sans aller pourtant au même endroit. Génie flâne à la vitrine des boutiques et Adrien l'attend. En haut de la rue, elle tourne à gauche, dans une rue étroite. Tiens ! C'est la rue où se tient ce marchand de tableaux haïtiens, là où il n'y a pas si longtemps était accroché le portait de Rialta. Elle s'arrête, hésite un instant et entre. La boutique est grande, sur deux niveaux, l'un en sous-sol. C'est au sous-sol que va Adrien, il sait que sont là les meilleurs tableaux. Et puis il n'y a personne. Il sait qu'elle va descendre, il entend le grincement de l'escalier de fer, ses pas sur les marches étroites en colimaçon. Au fond de la coquille métallique de l'escargot il pourrait se tenir à lui tendre les bras pour la recevoir. Ils sont tous les deux dans la salle voûtée. Tous les murs sont tapissés de tableaux, il y en a aussi appuyés les uns contre les autres, un peu en vrac au pied des murs. Elle furète. Ses doigts s'emparent d'une toile ; elle l'élève à son visage, elle fait la moue et la repose. Adrien ne dit rien. Il l'observe. Elle a les cheveux bruns, très bouclés et leurs tire-bouchons tombent sur son front. Les yeux de la couleur des coques des noisettes. De petits seins, gonflés par un soutien-gorge savant, mais petits, de ça il est sûr. Quarante, quarante-cinq ans, pas plus… Elle est jolie. Et elle aime la peinture naïve haïtienne. Elle regarde rapidement les toiles empilées, comme si elle cherchait quelque chose. Elle sort un paquet de cigarettes de son sac puis elle se ravise. Il lui dit :

« Je ne crois pas qu'il soit interdit de fumer ici… Enfin, je ne sais pas, mais je crois que si vous avez envie d'une cigarette, vous pouvez l'allumer. Pour choisir un de ces tableaux, il vaut mieux se sentir à l'aise.

Elle le regarde en plissant un peu les yeux et elle sourit. Elle a des dents petites et très blanches.

— Vous croyez ?

Elle allume sa cigarette.

— Vous avez raison, je n'aime pas les contraintes.

— Mais vous aimez la peinture d'Haïti…

— Beaucoup. J'ai vécu quelques années là-bas…

— Vous cherchez quelque chose en particulier ?

— Un nu de femme sur un canapé… Une toile que j'ai vue il y a quelques semaines… J'ai hésité à l'acheter, mais j'aurais du, car je ne la vois plus.

— Un nu de femme ?

— Oui, une femme allongée sur un canapé rouge. Cette femme m'a plu et quand je l'ai vue j'ai été sûre d'avoir déjà vu ce tableau autrefois. J'ai souvent pensé à ce portrait et j'ai fini par me décider à revenir.

— C'est une femme nue, les bras derrière la nuque, elle vous regarde. C'est elle, n'est-ce pas ?

— Vous connaissez ce tableau ?

Adrien hésite un peu.

— Je le connais. Je l'ai acheté.

— Ah ? Et bien tant pis pour moi, j'aurai du me décider la première fois.

— C'est une toile des années vingt, elle était en vente à une exposition et elle m'a plu. Mais si vraiment vous la voulez…

— Ah non !

— Je croyais…

— Quoi ? Qu'il vous suffirait de me dire que vous avez le tableau du nu haïtien pour que je m'offre à vous le racheter ? Ou bien pour que ce soit vous qui m'achetiez ?

— Bon… J'ai du dire une énorme bêtise…

Elle rit.

— Elle vous plaît au moins ?

— Oui et non. J'ai parfois l'impression qu'elle n'arrête pas de me suivre du regard, qu'elle observe tous mes gestes.

— C'est une peinture d'Haïti, ne l'oubliez pas ! Là-bas, la magie est partout présente.

— Je n'avais pas pensé à ça… Mais à présent, cela explique peut-être cette sensation étrange… Savez-vous qu'il m'a même semblé plusieurs fois que cette femme avait changé de position sur son canapé ? Oh, rien de bien important… Mais son bras droit n'est pas toujours exactement à la même place et elle a parfois les hanches un peu plus tournées vers la fenêtre de son salon… Enfin, bien sûr, tout cela ce ne sont que des impressions.

Génie sourit :

— Vous le croirez si vous le voulez, mais les peintres d'Haïti ont parfois d'étranges pouvoirs.

— Je ne suis pas très savant dans ce domaine, mais tout ce que je sais, c'est que cette femme peinte m'a tout de suite beaucoup plu. Mais je ne reviens pas sur l'offre que je vous ai faite, elle était sincère.

Génie l'observe en plissant un peu les yeux. Elle a un regard moqueur.

— Je vous ai déjà répondu, n'en parlons plus.

— C'est comme vous voudrez. Mais je ne conserve pas éternellement les peintures que j'achète ; il m'arrive de les remplacer par d'autres. Si j'ai un jour l'envie de me défaire de ce nu, je pourrais vous le faire savoir, au cas où vous seriez toujours intéressée.

Les yeux de Génie se plissent un peu plus.

— Cette Haïtienne sur le canapé rouge, ne vous en défaites pas si vite, surtout si c'est pour faire plaisir à une femme que vous venez de rencontrer ! Je ne vous le conseille pas, elle n'aimerait pas trop ça.

— Qui ? Elle ou vous ?

— Oh, moi… C'est d'elle que je parle, bien sûr…

— Vous en parlez comme si vous la connaissiez.

— Un peu… Je l'ai déjà vue, à Port-au-Prince il y a plus de vingt ans.

— Et vous n'aviez pas acheté le tableau ?

— Décidément, vous n'avez que ces mots à la bouche : acheter, vendre… Non, je ne l'ai pas acheté, comme vous dites. Je me suis seulement intéressée à la femme. Elle s'appelle Rialta.

— Rialta ?

— C'est un nom comme un autre. Elle a une histoire, bien sûr, elle n'est pas venue dans le tableau sans avoir une histoire.

— Venue dans le tableau ?

— Comment vous voudriez que je dise ? Qu'elle a été peinte par surprise, sans le savoir ? Un jour, un peintre l'a choisie pour modèle et l'a fait entrer dans son tableau, c'est tout de même assez simple, non ?

— Présenté comme ça… Vous ne voulez pas m'en dire davantage ?

— Non. Je vous ai appris son nom et je pense que c'est suffisant. Connaissez-vous beaucoup d'acheteurs d'anciens portraits haïtiens qui savent le nom du modèle ?

— Vous ne m'expliquez pas pourquoi elle n'aimerait pas que je ne la garde pas chez moi.

— Ah, ça, c'est à vous de le deviner. Mais je vais vous mettre sur la voie. Demandez-vous quelle femme accepterait d'être aussi rapidement délaissée par celui qu'elle a choisi ?

— Qu'elle a choisi ? Mais c'est moi…

— Qui l'avez achetée, vous l'avez déjà dit. Réfléchissez un instant, ou longtemps, ce sera selon vos facultés… L'avez-vous réellement achetée ou est-ce elle qui s'est offerte à votre désir ?

Génie rit. Un rire très léger, ironique.

— Merci quand même pour votre offre, je ne doute pas qu'elle était totalement désintéressée.

Elle agrippe la rambarde de l'escalier.

— Au revoir, cher Monsieur. »

Adrien se sent totalement imbécile. Il regarde les longues jambes qui grimpent tranquillement les marches de fer. « Rialta... Qu'est-ce qu'elle en sait ? Elle s'est moquée de moi, et je crois que je l'ai bien mérité. » Une fois dehors, il la cherche dans les rues et ne la trouve pas.

*

* *

Rialta regarde Adrien se déshabiller dans la chambre. Elle lui trouve l'air préoccupé. Contrairement à son habitude, il ne place pas délicatement son pantalon sur un cintre dans la penderie. Sa chemise est abandonnée sur une chaise, alors que chaque soir, à peu près à la même heure, elle est soigneusement enfournée avec le caleçon et les chaussettes dans la cuve du lave-linge dans la salle de bains. Elle se dit qu'il a peut-être passé une mauvaise journée, ou bien qu'il est en colère. Peut-être est-il tout simplement fatigué ? Plus elle le regarde et plus elle pense que quelque chose le tracasse et que ce n'est pas seulement la fatigue d'une journée de travail. Elle a remarqué que dès qu'il est entré dans la pièce, il lui a jeté trois ou quatre coups d'œil en coin, sans lui sourire comme il le fait souvent. Le voilà qui s'approche, nu, il n'a pas encore passé cette sorte de bizarre pyjama vietnamien noir qu'il enfile dès qu'il est chez lui. Il est tout près d'elle et il la regarde avec de drôles d'yeux. Rialta a envie de lui offrir le virage de ses hanches mais elle n'ose pas se tourner sur le canapé. Adrien l'intimide. Elle ne bouge pas, immobile dans sa dernière pose exigée par Joachim. Voilà le doigt d'Adrien, un doigt blanc, long, l'ongle ras, qui dessine avec une précaution et un tremblement de puceau la ligne de son sein droit. Elle voudrait au moins soupirer d'aise sous le crayon malhabile de ce doigt mais quelque chose lui dit qu'il ne le faut pas. C'est la première fois qu'il agit ainsi. Ah !

Adriano ! Quand tu dessinais autrefois d'une fine caresse la ligne de dessous mes seins, comme je déversais alors tous les parfums de mes soupirs dans ta bouche...

Il a fini par passer sa tenue d'Asie et il a quitté la chambre en éteignant la lumière. Il fait sombre, à peine la clarté jaune de la rue par la fenêtre. Rialta se tourne sur son canapé. Elle a laissé ses bras noués sous sa nuque. Elle réfléchit.

Elle pense soudain à une autre chambre, vaste et garnie de vieux meubles en bois sombre. C'était à Saint-Domingue en 1928. La date, elle en est sûre, il y avait un gros calendrier coloré accroché sur le mur au-dessus du grand lit, juste en face d'elle. Ah, ce calendrier de l'année 1928, qu'est-ce qu'il l'a fait rire !

Un vieux magistrat, conseiller très digne à la cour d'appel, un petit homme quarteron décharné à la peau jaunâtre, sûrement malade du foie, des yeux de lézard, il s'appelait don Alberto. Il venait d'épouser, comment s' y était-il pris pour y parvenir, elle ne l'a jamais su, certainement un de ces mariages prémédités par les familles, à grands coups d'argent et de promesses de titres, une jeune veuve plutôt jolie, dona Maria Felicidad... Le tableau, il l'avait soigneusement fait fixer en face du lit après l'avoir acheté en ville deux ou trois jours avant ses noces. Probablement que la vue de la belle Rialta nue sur son canapé était censée l'aider à mieux accomplir ses devoirs. Il y était arrivé quelques fois les premières nuits, mais pour ce qu'elle en avait vu depuis son canapé, assez péniblement. C'est alors que deux semaines plus tard, le calendrier a pris sa place à la tête du lit, à côté du gros crucifix de bois noir. Le conseiller don Alberto se mit à faire le dévot et chaque soir avant de se coucher, armé d'un crayon bleu emprunté dans les fournitures de son bureau au palais de justice, il entourait avec application sur la page du calendrier les dates des fêtes des saints.

« Saint Jérôme, mon amie, sa fête interdit absolument l'acte de chair ce soir, tout comme celle de Saint Blaise qui vient le lendemain et puis aussi juste après celle de Sainte

Bénédicte, qui comme tu le sais certainement est morte vierge et martyre. »

Chaque semaine voyait augmenter fort à propos le nombre des jours consacré à un saint, à une fille martyre, à un jeûne ou à un carême. Toute une litanie de traits bleus sur le calendrier, pour persuader chaque soir sa femme que faire l'amour serait péché. Et les voilà tous les deux, dans leur prude chemise de nuit, qui s'agenouillent au pied du lit et récitent des patenôtres en l'honneur du saint du jour. Lui fort content de son stratagème qui lui évite la honte de l'échec et elle rêvant en douce des faveurs de son premier mari. Grâce à ce régime interminable de jours de fête, précédés de veilles chastes et suivis d'autant de lendemains d'abstinence, don Alberto avait réussi à ne livrer aux jeunes envies de sa jeune femme que quelques rares jours gras dans le mois. Et encore, au prix de repas si épicés qu'ils lui mettaient le lendemain l'estomac et toutes ses tripes en bataille. Rialta avait beau lui offrir ce qu'elle avait de mieux pour l'attiser, rien n'y faisait : pour la chose, don Alberto se tenait bien enseveli sous le drap qu'il parvenait à peine à agiter un peu sans jamais le défaire avant de s'endormir aussitôt fini, la bouche ouverte. Une calamité. C'est un de ces soirs désespérés que dona Maria très énervée, s'est levée et s'est approchée du tableau.

« Toi, au moins, j'espère que tu as eu au moins une fois la chance d'avoir un vrai mari !

— Mes maris, chère dona Maria, récitaient leurs prières à chaque fois que je le leur demandais, ils les recommençaient souvent et ils savaient égrener un autre chapelet que celui de ton époux.

— Mais regarde-le, quand ce n'est pas soir de jeûne, il s'endort aussitôt, épuisé par son petit effort ! Ah, ce maudit calendrier !

Rialta ne peut se retenir de rire.

— De quoi te plains-tu ? Tu as un mari riche et considéré, ta maison est bien meublée, tu as des domestiques pour te servir et tu ne manques de rien. Quant aux prières, tu trouveras si tu le veux, un adepte discret d'une religion plus agréable !

— Tu crois ?

— Bien sûr ! »

L'étude de la jurisprudence qui retenait son époux au palais fit éclore un matin un autre calendrier que dona Maria accrocha juste à côté du premier. Aux dates soigneusement inscrites en bleu par don Alberto, faisaient pendant de gros traits de crayon rouge. Dona Maria inscrivait consciencieusement les après-midi de ses fêtes, toutes dédiées à Romano, un godelureau de trente ans, savamment gominé et habillé de blanc qui traînait dans le quartier, sans métier défini sauf celui de chercher à mettre ses pattes sur les épouses engourdies. C'était sa principale activité, quand il n'était pas attablé dans un de ces mauvais débits où on sert pour trois centavos un verre d'eau de vie de canne, ou en train de jouer sa vie mais plus souvent et plus prosaïquement seulement le fond de ses poches de pantalon dans un salon de jeux clandestins, ou encore quand il ne quittait pas de quatre jours sans dessouler les chambres du nouveau bordel tout en haut de l'avenue de la Constitution, là où la voie n'a pas encore été pavée par la municipalité et se perd dans les méandres de boue sale des cases de bois et de tôles plantées sur le versant du morne. Depuis qu'elle avait cédé à Romano, qui n'avait pas eu à faire preuve de beaucoup d'ingéniosité pour y parvenir, il lui avait suffi de passer cinq ou six fois en traînant le pas sous le balcon de style andalou où elle exposait son ennui parmi les bouffées mauves des bougainvillées, pour qu'elle l'autorise à sonner à sa porte, pas même une seule régalade de guitare et de chansons, la belle dona Maria Felicidad pouvait désormais apaisée se joindre dans sa félicité retrouvée aux dévotions maritales, agenouillée sagement aux côtés de son mari en bas de leur lit.

« Je ne voudrais pas manquer un seul soir de jeûne, don Alberto, et ainsi avec deux calendriers, je serai sûre que vous et moi, nous n'allons pas pécher. »

Un peu étonné, Alberto n'avait rien dit. Mais en détaillant le calendrier de sa femme, il avait remarqué qu'elle avait considérablement augmenté le nombre des saints qu'il leur fallait fêter dans la pénitence. Cela lui convenait parfaitement, car en additionnant tous les jours interdits il n'en restait dans le mois qu'à peine un ou deux à consacrer à leur amour, ce qui lui laissait bien largement le temps de s'y préparer.

Il avait fallu à dona Maria batailler pour convaincre son époux de conserver tout de même le portrait du nu au canapé rouge dans la chambre. Il avait en effet prétendu un matin à son lever qu'il fallait s'en débarrasser comme d'un objet impudique, oubliant que c'était tout de même lui qui l'avait soigneusement choisi pour embraser la nuit de ses noces.

« Je ne vois pas en quoi elle peut vous gêner, d'ailleurs quand ce n'est pas soir de carême, vous lui tournez fort scrupuleusement votre dos et tout le reste. »

Il n'y avait rien à répondre à cela puisque c'était vrai et Rialta était restée. Elle a vu se succéder côte à côte les deux calendriers, année après année, l'un religieusement annoté de bleu, l'autre tout bigarré à grands traits joyeux de rouge. Romano a disparu au bout de trois mois, remplacé avantageusement du point de vue de la discrétion et de la commodité domestique par le docteur Téodoro Machado, un célibataire quadragénaire actif, moustache noire et œil luisant, qui servait aussi à l'occasion de médecin de famille.

Don Alberto se plaignait souvent de ses fatigues conjugales, « vous me comprenez, n'est-ce pas mon cher docteur, je me dois d'être à la hauteur, sinon que pourrait-il arriver dans mon ménage, mais heureusement que j'ai une épouse qui n'est pas très portée sur ces choses » et on peut imaginer avec quelle dévotion le bon docteur Machado lui faisait absorber des poudres diluées à prendre dans un verre d'eau tiède chaque matin avant de le renvoyer à l'examen des procédures qui l'attendaient au tribunal. Quant au seul résultat visible des potions selon Rialta, c'était de l'expédier ronfler à peine dite le soir au pied du lit sa petite messe au saint du jour.

« J'ai aussi entendu dire, docteur Machado, qu'il est bon de faire une petite sieste après le déjeuner. Cela aurait paraît-il, quelques effets profitables pour ce que vous savez...

— La sieste ? Mais bien sûr, don Alberto, c'est souvent un remède efficace, et moi-même, pour me tenir en bonne condition, j'avoue que je ne m'en prive pas quand mes clients ne m'en empêchent pas, le devoir avant tout, mon cher Conseiller, vous savez mieux que moi ce que c'est : vous avec vos affaires si embrouillées qui requièrent tant de prudence et de délicatesse dans le jugement, moi avec mes malades... Mais le sens du devoir que nous avons vous et moi, vous certainement davantage que le modeste médecin que je suis, car toute la ville loue votre vertu de juge, ne doit pas vous détourner d'un autre devoir, celui que tout mari doit à son épouse. Je vous admire don Alberto, d'être aussi soucieux de vouloir remplir équitablement l'un et l'autre de ces devoirs sacrés.

— Mais ma sieste ?

— Ne vous en privez surtout pas ! Mais certainement pas dans votre lit, la mollesse de votre matelas nuirait à votre digestion et vous ne pouvez vous imaginer combien ces affaires de digestion ont une influence sur l'ardeur masculine. On dit que Esculape lui-même et je n'ai pas besoin de vous rappeler qu'il est le père de toute la médecine tout comme d'une très nombreuse descendance, conseillait pour cela une sieste d'une petite heure après déjeuner, mais assis dans un bon fauteuil après avoir tout de même un peu marché pour faire descendre ce qu'on a bu et mangé... Je vous recommande donc de la faire dans votre bureau dès que vous revenez au palais après votre déjeuner.

— Dans mon bureau, sitôt le déjeuner ?

— C'est exactement ce qu'il vous faut faire, don Alberto, il vous faut suivre à la lettre les prescriptions de ce vieux père de la médecine moderne.

— Sans aller me reposer tranquillement dans ma chambre ?

— Certainement pas... à moins que vous n'envisagiez de marcher un quart d'heure tout autour de votre lit ! »

Téodoro s'est ainsi fort cyniquement approprié chaque début d'après-midi avant d'aller tout joyeux faire ses visites à ses malades. Il faut le voir sortir vers trois heures de l'après-midi de la chambre conjugale et sacrée après un dernier baiser sur le sein humide de dona Maria Felicidad qui sommeille d'une saine fatigue et un regard amusé vers le calendrier tout biffé de rouge. Soigneusement rhabillé dans son costume de lin blanc, il descend l'escalier, récupère son large panama dans l'entrée et sort en sifflotant, un petit cigare noir à la bouche, sa belle trousse de cuir jaune à la main, un cadeau de sa mère le jour où il a obtenu son diplôme.

Tandis que le vénérable conseiller Alberto ronfle doucement dans son fauteuil les mains croisées sur son gilet de flanelle légère, un pouce passé dans la chaîne en or de sa montre, celle léguée par son père, dans la torpeur humide de son bureau au premier étage du palais de justice difficilement dissipée par le ronronnement de vieux chat du ventilateur au plafond, Rialta peut apprécier à leur mesure les très édifiantes vertus des ordonnances du bon docteur Machado. Elle l'aime bien ce sacripant de médecin, il n'oublie jamais de lui lancer un clin d'œil complice au moment suprême, quand dona Maria Felicidad abattue de jouissance et de douce culpabilité se couche sur son torse. Avec lui, le lit du sage magistrat navigue toutes voiles dehors et le vaste drap si apte à couvrir l'incroyable nudité maigre de don Alberto figure le grand cacatois balancé au plus haut des huniers par de hardis marins riant sous la tempête. Un jour, alors que dona Maria a murmuré : « Mon ami, trois fois de suite ? Il lui a répondu en riant : — Cette femme nue sur son canapé m'a chuchoté que vous auriez certainement plaisir à une troisième fois... » Rialta en a conçu ce jour-là une très grande affection pour Téodoro.

Les amours de dona Maria Felicidad et du docteur Téodoro Machado, aussi régulières que le coup de canon depuis le vieux fort espagnol dominant la ville qui sonne le midi à chaque jour que Dieu fait à Saint-Domingue auraient épuisé tous les calendriers des postes jusqu'à la fin des temps. Mais don Alberto a fini par mourir un soir à la fin du mois de juillet de l'année 1932, le 14 juillet exactement, consumé jusqu'à sa base comme une vieille bougie qui a épuisé toute sa cire. Téodoro, qui avait quelques idéaux républicains, lui a su gré d'avoir choisi cette date historique. Dans le lit conjugal son cadavre tenait à peine la place qu'il avait de son vivant, c'est-à-dire presque rien. Bien sûr, le certificat de décès fut signé par le docteur Machado. Est-ce que la disparition du mari lui ait rendu sans attrait sa relation avec l'amant, ce qui est certain c'est que moins de quatre mois plus tard, dona Maria Felicidad, une nouvelle fois veuve, a vendu la maison, les meubles antiques et a congédié la plupart des domestiques. Elle est allée s'installer avec sa cuisinière et une femme de chambre dans une petite villa en bord de mer. Rialta a échoué chez un marchand de tableaux de la ville, le même qui l'avait vendue à don Alberto en prévision de son mariage. Quelle ingratitude !

# 4

Adrien s'est couché. Ce soir, il n'y a ni Marisol à peau de belle cannelle, ni Jeanne si blanche, ni cette autre dont Rialta a tout de suite deviné la présence quand il est rentré l'air si préoccupé. L'autre ? Une femme, cela elle en est certaine, il y a des choses, des attitudes, une façon d'être si particulière chez les hommes qu'elle est tout à fait sûre de ne pas se tromper : Adrien a rencontré une femme. Quand ? Coincée dans son salon sur le canapé rouge, elle ne peut rien voir au-delà de la pièce, à peine elle peut imaginer ce qu'il y a de l'autre côté de la fenêtre. Mais elle en est certaine, Adrien n'est pas comme d'habitude et les hommes comme lui, elle les connaît. Il a du la rencontrer un peu avant de rentrer chez lui. Elle ne sait pas que c'est Génie. Et pourtant, si elle le savait, elle la reconnaîtrait tout de suite. Génie, c'est cette belle fille qui déambulait autrefois dans Port-au-Prince, blanche sous son ombrelle comme la colombe de la Bible et cependant tellement créole quoique née dans le département de la Creuse. Génie d'Haïti et de Saint-Domingue, Génie qui déblatère le créole, le français du grand siècle et l'espagnol, Génie blanche des îles et des continents noirs sous le vent. Et Adrien qui se couche et éteint la lampe, comme un dogue sombre et muet sans un regard vers son portrait. Les hommes sont tellement compliqués !

Elle entend la respiration régulière d'Adrien. Elle, elle ne dort pas. Elle n'a plus besoin de dormir depuis que ce peintre sorcier de Joachim l'a installée toute nue sur le vieux canapé rouge de son atelier. Elle aime ces heures tranquilles, la rue dehors s'est endormie elle aussi. Rien que le bruit que fait quelque part dans l'appartement d'Adrien un vieux meuble qui soupire, une persienne mal jointe qui grince doucement lorsqu'un peu de vent se lève. Elle est restée plusieurs semaines enfermée dans la vitrine du marchand de tableaux et autres curiosités antiques. Tout un bric-à-brac hétéroclite de vieilles pendules, de couronnes desséchées de mariées mises sous un dôme de verre en souvenir, mais la fleur d'oranger de la félicité fane comme les autres, de grosses commodes prêtes à rendre leur dernier souffle dans l'ultime morsure des vers. C'est sur une d'elles qu'on l'avait installée, bien en vue, avec à sa droite une pile d'assiettes bleues et à sa gauche une poupée de porcelaine, les joues peintes et le sourire figé, à la tignasse qui avait du être blonde faite de crins de cheval, habillée d'une robe rose toute mitée. Saint-Domingue n'en finissait plus de languir et Rialta rêvait. C'est un diplomate anglais et alcoolique qui l'a tirée de sa posture d'offrande dans la vitrine et l'a emportée sans même en discuter le prix. La poupée a eu beau lui cligner plusieurs fois ses yeux et même pousser de petits gémissements, il ne l'a même pas regardée une seule fois, c'était seulement Rialta qui l'intéressait.

Accrochée dans son bureau de l'ambassade au dessus d'un vaste canapé de cuir sombre, elle l'entend qui parle à ses visiteurs un espagnol rugueux avec un accent qui la fait rire. C'est un homme grand, les cheveux blonds en brosse tirant plutôt sur le roux et la peau constellée de taches de rousseur. Quand il est bien imbibé, c'est-à-dire chaque jour vers deux heures de l'après-midi, il verrouille sa porte et s'allonge en titubant sur le canapé. Ses ronflements agités le tiennent endormi jusque vers la moitié de l'après-midi. Une fois sa sieste d'ivrogne achevée, il s'assoit péniblement à sa table pour se mettre au travail ce qui consiste à signer des monticules de lettres et de rapports silencieusement déposés par ses secrétaires et qu'il paraphe d'une main morne sans même les relire. Morne est à cette époque la vie de Rialta : à part les cuites phénoménales du diplomate, elle a appris qu'il s'appelle John et que cela veut dire Juan en espagnol, il ne se passe rien d'intéressant pour elle dans le bureau de l'ambassade. Pas la moindre aventure amoureuse sur le canapé de cuir, irrémédiablement consacré par son occupant à la distillation quotidienne du whisky matinal. Pour être exact, il y a en fin de semaine des réceptions en soirée. John fait alors des apparitions régulières dans le bureau où il s'enferme avec des hommes distingués et malgré ses gestes hésitants et sa démarche un peu floue, il parvient à mener à voix basse des conversations d'importance dans la fumée des cigares. Plusieurs fois, un de ces messieurs en habit l'a longuement regardée en hochant la tête de l'air d'un connaisseur. Mais de femmes, point. Un jour, des ouvriers ont envahi les lieux et l'ont mise dans une caisse. C'est comme cela qu'elle a fait son premier voyage vers l'Europe, à fond de cale du vapeur transatlantique qui ramenait l'ambassadeur alcoolique vers son nouveau poste. En fait de nouveau poste, John a été mis d'office au repos, quelque part dans le Sussex, au fond d'une demeure campagnarde aussi familiale que triste et décrépite. Rialta a rejoint un amoncellement de souvenirs d'Afrique dans une antique bibliothèque où personne ne vient jamais. Là, entourée de masques inquiétants et de cornes de buffles, elle s'est lentement couverte de poussière. Elle y trône immobile et triste sur une population endormie de livres, dans le silence mortuaire à peine égayé par le grignotement méthodique d'une armée de souris.

Un matin, on a tiré les rideaux, ouvert en grand toutes les fenêtres et un bataillon de domestiques s'est mis à faire le ménage dans la bibliothèque. Les souris, grandes consommatrices de littérature, ont battu en retraite dans l'air irrespirable de poussière, effarées d'un tel chambardement. Rialta est décrochée du mur où elle s'ennuie et à nouveau emballée dans une caisse. Ce qu'elle ne sait pas, c'est que John est mort pour ne pas s'être réveillé de sa dernière cuite et que la maison a été vendue. À Londres, il y avait à cette époque de nombreuses boutiques d'antiquaires spécialisées dans les souvenirs de l'Empire britannique : elle y a atterri, avec une terrifiante collection de masques océaniens. Ceux-là, ils ricanent à qui mieux mieux, chuchotent entre eux des incantations secrètes dès qu'un passant fait mine de s'arrêter et de les regarder, tout ce qu'il faut pour apeurer Rialta qui ne connaît que la magie de son île, celle du sang des poules noires et des transes des tambours. Il n'y a pas une demi-journée qu'elle était exposée, qu'un homme est entré, sans un regard pour la lointaine Océanie. Elle l'aurait reconnu entre mille malgré le paletot épais de drap bleu foncé et le chapeau de feutre : le teint un peu bistre, la moustache noire et l'œil luisant, la voix forte, c'est le beau docteur Téodoro Machado.

Comment Machado est-il parvenu à Londres ? Les femmes peintes dans un tableau ne peuvent pas tout savoir. Il a hérité de sa mère morte dans son lit de femme confite par trente ans d'un pieux veuvage, de quoi se payer le voyage en Europe dont il a toujours rêvé. Ah ! Il fallait le voir à vingt-cinq ans quand des condisciples plus fortunés revenant de France ou d'Espagne racontaient leurs aventures ! Il s'exclamait à leurs récits, tapait du pied et le soir venu s'enveloppait dans les draps d'une chambre mansardée du quartier latin où dormait épuisée d'amour une de ces femmes accomplies que décrivaient les étudiants. Ayant enfin pu vivre ses rêves, il venait directement de Paris qui lui avait dévoré ses économies dans les brasseries des boulevards, les hôtels louches où on ne demandait jamais qui était la fille qui venait passer la nuit avec lui et les revues des cabarets. Il lui restait juste de quoi assurer son voyage de retour depuis l'Angleterre. Avant de s'embarquer, désoeuvré, il est allé flâner, le temps de monter à bord, et c'est Rialta qu'il a tout de suite reconnue dans sa vitrine. Comme il a questionné le marchand en mauvais anglais, il a à peu près compris les nobles tribulations diplomatiques du tableau et il n'a pas hésité :

« Je te ramène avec moi, ma belle, ta place n'est pas ici, parmi ces sauvages.

— Ah, Téodoro, mon cher ! Puis-je te dire que tu m'as sauvée ! Je n'étais pas faite pour cette Angleterre, sais-tu qu'une dame de la maison a voulu me couvrir d'un voile parce qu'elle me trouvait impudique !

— Ils n'y connaissent rien, ma douce. Ce sont des ânes en amour. »

Il l'a installée dans sa cabine et pendant toute la traversée il ne manque pas de lui sourire chaque soir avant de s'endormir sur sa couchette. Et même certains soirs il n'oublie jamais de lui présenter une jolie passagère. Revenu dans son île, Téodoro lui a fait la plus belle place dans sa chambre à coucher, juste en face de son lit. Après avoir fait ses comptes avec son remplaçant, un blanc-bec sans moustache qui se disait diplômé de Séville et qui avait certainement espéré qu'on ne reverrait plus le titulaire du cabinet, perdu à jamais dans les microbes de ses folies parisiennes ou mieux, englouti quelque part dans l'océan, même si cela devait coûter la vie à quelques centaines d'innocents passagers, Téodoro a repris ses costumes blancs, son panama impeccable, ses cigares noirs et sa pieuse trousse de médecin, le dernier souvenir de sa mère. Le docteur Machado est demeuré célibataire et il reçoit souvent. Aux fragrances de violette, un parfum encore à la mode cette année-là, ou à celles de rose, le parfum préféré des jeunes mulâtresses, Rialta sait depuis son cadre de bois quelle est celle qui a rendez-vous. Elle les reconnaît à leur senteur dès qu'elles sont entrées dans le vestibule. Maria Felicidad a été avantageusement remplacée par la femme d'un pharmacien, dona Flores, qui porte bien son nom, tellement sa fleur s'épanouit largement dans les draps blancs de Téodoro. Elle vient le lundi et le jeudi, toujours à la même heure après déjeuner, auréolée d'eau de violette, rituel invariable sous le prétexte d'aller ces jours-là au thé de sa meilleure amie, un thé entre femmes où les maris ne sont jamais les bienvenus. Mais le mercredi, c'est la jolie repasseuse, Juanita au parfum de rose, qui grimpe l'escalier en riant dans le froufrou de ses jupons. En général, les autres jours, Téodoro se repose, mais de temps à autre, Rialta sent qu'est entré dans la maison un parfum inconnu dont elle peut ultérieurement détailler sa propriétaire qui en se dévêtant lui offre ingénument et sans le savoir la belle rondeur de ses fesses.

## 5

Jeanne est revenue, mais pas Marisol. Rialta observe Adrien. Il a gardé son air préoccupé, quelque chose le tracasse, c'est sûr. Avec Jeanne, il n'est déjà plus comme aux premiers jours de leurs retrouvailles. Elle se souvient de ce qu'il avait dit à propos de la nostalgie de l'amour. Mon pauvre Adrien, cela n'a aucun sens ! Suis-je nostalgique, moi ? Seulement un peu, quand je mets à penser à Adriano. Tu vas croire qu'il n'y a eu que ce marin-pêcheur d'Adriano... Mais comme il était le premier, il est normal que je pense plus souvent à lui qu'aux autres. Adrien se sent parfois englué dans sa nostalgie. Il a du mal à accepter l'idée qu'au fond rien ne se revit de la même façon que la première fois. Il est encore un homme des premières fois. À son âge, il en est encore à rechercher les premiers émois. Tiens, comme avec cette jolie femme brune de la galerie de peinture. Il ne sait jamais vraiment ce qu'il veut. Dans son genre, c'est un désenchanté qui court après des enchantements. Il se dit souvent qu'il lui faudrait mettre une fois pour toutes de l'ordre dans sa vie. Rialta le regarde penser. Jeanne dort, ses cheveux pleins de jolis petits fils gris sur l'oreiller, l'épaule nue, découverte, le corps encore offert et chaud sous le drap. Rialta voudrait bien faire quelque chose, ne serait-ce que pour voir Adrien lui sourire. Mais elle n'ose pas. Cet homme, depuis qu'elle vit avec lui, l'intimide. Il est si différent du pétulant docteur Machado qui lui, ne s'embarrassait pas beaucoup l'esprit.

Quand je le vois comme ça, il me rappelle cet ingénieur italien que la firme qui l'employait avait envoyé en Haïti pour un projet de mine de phosphates. Il baragouinait quelques mots de français mais parlait assez bien l'espagnol car il avait séjourné auparavant à Buenos-Aires et à Caracas, toujours pour des prospections minières. Il est resté toute une année. La mine n'a jamais été ouverte, seulement un grand trou blanc sur le flanc d'un morne. Des installations minières, il n'est demeuré après son départ qu'une grande bâtisse vide face à la mer en bas de la colline. C'est là que j'ai trouvé du travail. L'appartement de l'ingénieur est au premier étage, tout le bas sert de bureaux, où ne vient jamais personne. Il s'appelle Gianni. Un bel homme brun, l'air intelligent, peut-être à cause de ses lunettes rondes cerclées de fer, une chose qui à cette époque, ne se trouvait que chez les grands propriétaires de l'île. J'y fais la cuisine et je sers à table. Au début, Gianni s'est dépensé sans compter, recrutant des ouvriers, charriant lui-même les caisses des explosifs qui étaient destinés à faire péter la montagne. Tous les jours, il arpentait le chantier, en chemise blanche, culottes de cheval et bottes luisantes, il prenait des mesures, les notait dans un gros carnet noir qui ne le quittait jamais. Bref, il faisait son travail d'ingénieur. Au bout de six mois de coups de pioche et d'explosions, il lui a fallu se rendre à l'évidence : pas assez de phosphates pour que l'exploitation soit réalisable. Il a congédié les ouvriers et il s'est enfermé dans sa maison. Peut-être attendait-il un ordre de ses patrons pour quitter le pays.

Ce que je sais, c'est qu'à partir de ce moment, il a abandonné sa tenue d'ingénieur et qu'on l'a vu se promener dans les champs chemise ouverte au vent sur un pantalon court de paysan, coiffé d'un immense chapeau de palmes. Je suis la seule à être restée à son service, puisqu'il ne m'a pas demandé de partir moi aussi. Certainement aussi parce que je parle l'espagnol. Nous ne sommes plus que tous les deux dans la maison devenue si grande, gardiens inutiles de l'immense chantier désert. Un soir après le repas, il m'a appelée, j'étais à la cuisine à finir mon ménage. J'ai vu tout de suite qu'il avait la fièvre, une bonne crise de malaria qui le faisait suer comme un torchon qu'on essore. Je l'ai aidé à aller dans sa chambre et je l'ai mis dans le lit. Sa chemise était trempée et il grelottait en claquant des dents. Je l'ai entièrement déshabillé. Je n'avais jamais vu le corps d'un homme blanc, et ma foi, depuis ce jour-là, je peux dire qu'ils sont faits tout comme les autres. Je l'ai séché, je l'ai frictionné avec du rhum et du citron et je suis restée assoupie dans un fauteuil près de son lit. Dans la nuit, je l'ai entendu qui parlait. Il allait un peu mieux, la fièvre ne le faisait plus suer mais il me disait qu'il avait froid. Je ne sais pas ce qui m'a pris, je me suis déshabillée et je me suis couchée toute nue à côté de près de lui dans l'idée de le réchauffer. Depuis cette nuit, nous sommes restés six mois à vivre comme un mari et une femme. Le soir, il va parfois s'asseoir sur un gros caillou à regarder la mer. Il y a alors dans ses yeux des mélancolies si tristes qu'elles me serrent souvent le cœur. Un jour, l'ordre de partir est arrivé. Il m'a montré le papier et il m'a dit qu'on le renvoyait dans son pays. Il ne reste plus que six jours avant le départ du bateau. Six jours enfermés tous les deux derrière les persiennes de la chambre. J'ai beaucoup pleuré quand il est monté à bord. De lui, je n'ai que le mouchoir qu'il m'a laissé, pas même cette fois encore un enfant.

Pourquoi Adrien me fait-il penser à Gianni ? Ils ne se ressemblent pas. L'ingénieur était jeune, mince, il avait des yeux intelligents et une façon de se servir de ses mains pour parler et se faire comprendre. Elles sont deux oiseaux toujours en mouvement, qui virevoltent sous le visage de son interlocuteur, tellement agiles qu'à la fin celui à qui il parle finit par ne plus regarder qu'elles. Et quelle voix ! Une mélodie continue que c'en est une belleté au cœur rien que de l'entendre parler. Parfois aussi il chante. Sur une commode dans sa chambre, il tient bien astiqué et toujours couvert d'une gaze quand il ne s'en sert pas, un gramophone à ressort. Il descend le soir la machine sur la terrasse, la place sur la table et d'une grosse boîte il sort pour moi, bien enveloppé dans un étui de papier, un disque de chez lui :

« Tu vas entendre ça, Rialta *mia*, c'est ce qu'on aime chanter dans mon pays ! »

Il remonte lentement le ressort avec la manivelle chromée, pose très doucement l'aiguille ronde sur le disque et nous écoutons dans la lumière jaune de la lampe à pétrole. Souvent, il chante en même temps que la voix de l'homme du gramophone. Je sais rien qu'à l'entendre et à le regarder chanter que c'est une chanson d'amour et je crois alors que dans son pays tous les hommes passent leur temps à chanter des chansons d'amour. Il me regarde en souriant à travers ses lunettes rondes et me dit :

« C'est beau, hein ? Dis-moi s'il existe quelque chose *di piu bellissimo* au monde que le *maestro* Verdi ? »

Je ris. C'est beau, oui, mais j'ai toujours préféré ce qu'on chante par chez moi. Des chansons dont je comprends bien les paroles, qui coulent doucement à travers le tambour, que la main effleure d'abord comme une caresse puis claque soudain dans une frénésie à s'en faire péter les paumes, et l'archet du violoneux et la flûte, et les pieds nus des hommes et des femmes ensemble qui rythment et dessinent des arabesques dans la poussière autour des cases. La musique de l'ingénieur va dans le cœur comme une nostalgie, elle me fait songer comme quand on a fini de battre le linge à la rivière et que fatiguée par la lessive et le bavardage, on s'assied la jupe remontée haut sur les cuisses à regarder l'eau qui coule entre les roches et les plumes blanches des roseaux. La musique de chez moi va tout droit dans mon corps, à m'en faire perdre la tête et tout le reste, elle soulève mes pieds, mes jambes, elle ondule mes hanches et mes fesses, elle me met en sueur en faisant s'exhaler tous les parfums et les secrets de ma peau. Elle bourdonne dans mes tempes, elle fait tourner le sol comme un soleil de manège et quand elle est finie, elle joue longtemps encore son tambour dans les échos de mon ventre.

Il boit son rhum en se balançant dans son hamac, il lui arrive parfois d'en boire pas mal et quand il est assez ivre de tafia pour ne plus pouvoir descendre de son hamac pour aller remonter le ressort du gramophone, il se met à chanter et parfois sa voix se brise. Il dit alors dans sa langue des mots que je ne connais pas, mais je comprends quand même ce qu'ils me disent : des mots qui parlent l'amour, une femme et des enfants, un petit village de soleil escarpé au-dessus de la mer de Sicile, les petits champs d'oliviers entourés de murs de pierres sèches et les vignes. Ces soirs-là, quand il a trop bu et trop parlé, je le prends par le bras et il grimpe lentement l'escalier bien arrimé d'un côté à ma taille et de l'autre à la rampe et nous allons sous la moustiquaire de son lit. Quand nous sommes couchés, lui soûl de tafia et de mélancolie, je peux le couvrir de mon corps et m'en pénétrer toute entière.

J'aime ses cheveux fins et clairs, sa peau de la couleur du lait de chèvre là où le soleil ne l'a jamais atteinte, l'odeur de ses aisselles et de son sexe, son sommeil lourd un bras passé sur ma poitrine. Mais il doit partir. J'ai bien eu dans l'idée de l'en empêcher, le sang d'un coq répandu sur la terrasse, il faut qu'il y mette trois fois le pied droit quand il entre dans la maison, les plumes noires du sacrifice cachées sous son oreiller pour prendre ses rêves, son linge noué avec le mien, celui qui est tout taché d'amour pour qu'il ne puisse plus jamais me quitter, toutes ces choses pour lier un homme, je les connais, mais je ne l'ai pas fait. J'ai assez de vrai amour pour lui pour ne pas faire ça. Et Gianni est parti, frêle silhouette minuscule sur le pont du bateau au moment de quitter la baie.

*

* *

Adrien et Jeanne ont quitté la chambre. Bruits d'eau dans la salle de bains, murmures mouillés, odeur du café fort puis du premier tabac, des rires, des voix, une porte qui claque et puis plus rien. Heureusement que Adrien a pensé à ouvrir en grand les persiennes. Le soleil du matin passe par-dessus le toit d'en face et ruisselle de lumière dans la chambre déserte.

De la rue en bas, me viennent les premiers bourdonnements du marché. J'entends aussi le souffle discret de la mer. La mer… Je ne sais pas s'il y a ici aussi ces longues yoles peinturlurées de bleu et de rouge que les hommes en riant lancent sur les vagues. Sur la plage, des femmes et des gosses les regardent une main sur les yeux partir dans le soleil, et ces barques dansent, s'enfoncent d'un seul coup dans les creux, passent la barre et remontent plus loin d'un coup de reins jusqu'à ce que la mer enfin les accepte dans son ventre, petites images de couleur qui tremblent dans la lumière. Et le retour, le fond de la barque tout barbouillé d'écailles et de poissons, les vivaneaux rouges, les sabres d'argent, les grosses lunes vertes ou jaunes, parfois par-dessus cet amoncellement de nageoires et de queues vivantes, le ventre gris d'un petit squale, sa peau rêche comme du cuir et ses dents de jeune fauve. Moi aussi j'ai crié leurs noms, leurs épaules nues et noires ruisselantes de soleil et de mer, les voilà, les voilà, Ti-Jean Dieuleveut, Tétienne Bellevie dit plus souvent De Belle-allure et aussi Toussaint Dieumétémoin, le père, pas le fils encore trop jeune et fanfaron à cette époque-là, les trois plus fameux pêcheurs; je suis comme les autres à les espérer, à dégorger leurs barques de leur belle moisson de mer, à mains nues jusqu'aux coudes dans l'écaille et l'odeur, et eux, nobles seigneurs et beaux chevaliers de la mer, des poissons et de la plage, apôtres d'espérance de notre Tibériade, le chapeau de palmes bien planté sur le crâne, ils vont très dignes et très droits vers les cases à rhum en laissant aux terriens indignes le soin de compter leur pêche miraculeuse. Comment ils en sortent, se soutenant l'un l'autre, braillant des obscénités, mécréant le ciel, la terre et les hommes et les femmes, mais jamais la mer, c'est aussi un spectacle.

Pendant que Rialta rêve au retour des pêcheurs, des hommes les plus valeureux, Ti-jean, Bellevie dit Belle-allure et Toussaint, pas le fils encore trop fanfaron mais le père, de l'autre côté de la rue en bas de l'immeuble où vit Adrien, Génie fait son marché. Ici, pas de sabres d'argent, ni de poissons-lunes jaunes ou de jeunes squales, ceux-là même qu'on fait cuire longuement en étouffée avec la douceur des ignames violets, l'acide des oignons rouges et la brûlure des piments verts et la chaleur du gros poivre, mais des poissons blancs ou gris, tristes puisqu'ils n'ont pas eu la chance de connaître la couleur des mers chaudes. Elle renifle le ventre gras d'un mulet, caresse du doigt l'échine bleue des maquereaux, s'arrête pensive devant un petit bataillon de sardines. Elle réfléchit, rien de bien approprié pour faire un bon rougail. À l'autre bout de l'étal, elle l'aperçoit, seul dans sa belle coque rouge toute renflée de grosse écailles : c'est un vivaneau. Que fait-il perdu dans cette mer de poissons pour conserves ? Elle se précipite, elle le saisit, elle le porte à pleine main à son nez, il a l'odeur exacte de crevette et de vanille, sûrement qu'il s'est laissé porter par un courant chaud, d'une côte d'Afrique ou de Madagascar et qu'il a échoué dans le filet d'un chalutier qui maraudait plus loin que les autres. En court-bouillon, muscade, cannelle, piments, beaucoup de poivre, un bel oignon et un riz brûlé dans son huile, il n'y a que le feu du rhum, avaler deux petits verres avec un sucre et du citron vert pour éteindre l'incendie du plat ; je me mettrai bien un jupon blanc et par-dessus ma robe de taffetas rose, comme une poupée de porcelaine dans une vitrine, si j'osais je prendrais aussi l'ombrelle blanche en dentelles et j'irai défier d'un regard sur le quai toutes celles et tous ceux qui espèrent un amour. L'amour, je l'ai paraît-il à la maison, « Bonsoir chérie, qu'as-tu préparé ce soir », mais pas un œil sur le jean moulant de mes jambes... Je veux balancer mes hanches libres dans un soleil, je veux entendre glisser leurs regards, deviner leurs mots connaisseurs qui suspendent les parties de dominos, je veux écouter leurs bouches « Ah, ça messieurs, belle *fanm-la* ! » Je me veux enviée, je me veux désirée, je veux dédaigner, je veux mes pas jusqu'au bout du quai, mes pas vers celui qui m'écrit dans un sourire, qu'il sait être de démon et d'ange. C'est lui dont je veux les mots et les yeux. — Tu es folle ma fille ! — Folle ? Non, j'achète seulement ce vivaneau rouge, il ne te rappelle rien ? À moi, il me rappelle une jeunesse, des promesses de fée quand la pluie n'arrête plus de tomber, l'engloutissement grisâtre de la lisière des arbres, de la terre et de la mer, tous noyés de pluie, et sous la véranda l'eau tiède qui s'écrase en grosses gouttes, une brume de chaleur, les petites grenouilles enhardies sautillent sur le plancher, grimpent à la palissade, quelques lézards roses aussi, le ventre translucide, et eux et moi qui attendons qu'un jour cesse la pluie. De la cuisine les vapeurs chaudes et rassurantes du court-bouillon. De cela je suis sûre, c'était un court-bouillon de vivaneau rouge. Je m'ennuie ici, je veux repartir là-bas. — Tu n'es pas bien ici ? — Si, bien sûr, mais ce n'est pas comme là-bas... — Et cet homme au bout du quai, cet homme qui écrit ? — C'est lui que je veux. Je ne sais même pas pourquoi je dis cela, je ne le connais pas. Je sais seulement qu'il écrit, qu'il m'écrit, pas une lettre non, mais qu'il m'écrit moi, qu'il m'écrit dans son histoire. — Quelle histoire, qu'est-ce qu'elle raconte ? — Comment veux-tu que je le sache ? Je sais seulement qu'il m'écrit et que je peux le lire. Sais-tu qu'il écrit aussi Rialta ? — Quelle Rialta, je ne connais pas de Rialta. — Mais si ! Souviens-toi, la femme du tableau. — Génie, tu es folle ma fille ! — Tu ne sais que me dire ça ! Je ne suis pas folle du tout. Je sais très bien ce que je dis. Tu ne souviens donc pas d'elle ? — Maintenant que tu le dis... mais c'était il y a si longtemps... pourquoi vouloir te souvenir de ce qui est passé ? Tu ne feras que t'endolorir, il n'y a plus de place aujourd'hui pour le passé. — Tu te trompes, ma chère, la place je l'ai toujours gardée.

« Vous !

— Moi ?

— Vous ne me reconnaissez pas ?

— Non.

— L'autre jour, dans la vieille ville, vous cherchiez un tableau...

— Un tableau ?

— Celui de cette femme nue, Rialta, vous vous souvenez maintenant ?

— Je ne connais aucune Rialta, et puis c'est quoi ce nom ?

— Mais c'est vous qui me l'avez appris, c'est le nom de la femme peinte dans le tableau !

Génie le regarde en riant.

— Vous voulez encore me le vendre ?

— Ah ! Je ne me suis pas trompé ! C'est bien vous ! C'est vous qui étiez dans le sous-sol de la galerie d'art haïtien !

— C'est moi. Et vous, vous êtes celui qui peut contempler chaque jour la belle Rialta, ce qui ne vous empêche pas d'aborder une femme que vous ne connaissez pas dans la rue !

— Euh... Ce n'est pas ce que vous pensez... Je vous ai reconnue, c'est tout, et je...

— Vous vous êtes dit, tiens voilà la femme que j'ai rencontrée chez le marchand de tableaux, elle est seule, je vais pouvoir lui parler, savoir qui elle est et cette fois, je n'ai pas même pas besoin de la suivre dans la rue pour espérer engager la conversation !

— Bon, je n'ai rien à vous répondre, c'est exactement cela. Mais je vous assure que je ne m'attendais pas à vous voir. J'habite ici sur cette place et je rentrais chez moi quand je vous ai aperçue.

— Je veux bien vous croire, cette fois.

— Merci.

— Au lieu de me remercier, vous pourriez me proposer de nous asseoir à une de ces terrasses de café, c'est ce qui se fait en général, non ? Je vais accepter parce que je suis un peu fatiguée de porter mon panier et que j'ai envie de fumer une cigarette et de boire quelque chose. À moins que l'odeur du poisson ne vous dérange... »

À la terrasse la plus proche, les voilà assis à un guéridon. Génie fume, elle a caché ses yeux derrière des lunettes de soleil. Adrien remue lentement son café. Ils font mine de regarder les passants. Ils sont dans leur premier silence. Soudain, Génie demande :

« Vous m'avez bien dit que vous habitiez sur cette place ? Alors, elle est tout près d'ici... Je ne l'ai plus vue depuis si longtemps... Savez-vous que c'est à elle que je pensais quand vous m'avez rencontrée ? Je vous parle de Rialta.

— Vous voyez l'immeuble là-bas, au deuxième étage.

— Elle n'aime pas restée enfermée. J'espère que vous lui ouvrez la fenêtre, elle adore entendre les bruits de la rue et respirer les odeurs du marché.

— Vous en parlez comme si elle existait !

— Si vous en doutiez, vous n'auriez aucun droit à la retenir chez vous ! Rialta est une femme libre, d'une liberté absolue. Elle vous a choisi, je crois vous l'avoir déjà dit l'autre jour, ne l'oubliez pas.

— Mais qui est-elle ?

— Cela vous intéresse ? Je peux vous dire que celui qui possède son tableau ne détient rien d'autre qu'une forme, qu'une image, mais que cette image d'elle lui est aussi nécessaire pour continuer d'exister. C'est pour cela que vous devez prendre grand soin du tableau, pour qu'elle puisse exister.

— Mais vous, comment savez-vous tout cela d'elle ?

— Je n'ai pas envie de vous le dire. Si vous écriviez des livres, je pourrais peut-être vous faire des confidences que vous sauriez comprendre, car les hommes qui aiment marquer la parole et les mots peuvent entendre ce qui n'est pas dit, mais ce n'est sûrement pas le cas !

— Je vais vous paraître idiot, mais j'aime bien être un idiot, et j'écris parfois des livres...

— Si c'est vrai, vous n'avez pas vraiment besoin que je vous raconte Rialta, vous pouvez l'imaginer tout seul.

— J'imagine une femme à Port-au-Prince en 1920...

— Vous êtes déjà allé là-bas ?

— Non.

— Alors, il vous faudra beaucoup d'imagination. Rialta a été peinte à Port-au-Prince, mais elle a vécu assez longtemps à Saint-Domingue, dans la partie espagnole de l'île. D'après ce qu'elle raconte, elle a vécu aussi au Vénézuéla à Caracas chez un secrétaire d'État ou un ministre, quelque temps en France, pas ici mais à Cayenne, une horreur si on l'écoute, elle a aussi connu l'Europe, notamment l'Angleterre dans un authentique manoir où elle s'est beaucoup ennuyée, elle est retournée à Saint-Domingue et en Haïti, elle est partie à San Salvador au Brésil suivre un planteur bahianais de cacao, et de là en Sicile pour retrouver un fiancé, et je crois même à Lisbonne où elle était amoureuse d'un poète anonyme puis en Espagne, je n'ai jamais su pourquoi, mais ses plus longs séjours sont à Saint-Domingue. Ce qu'il est difficile de démêler quand on l'écoute, c'est ce qu'elle a vécu avant le tableau et puis après. C'est parfois assez confus.

Adrien reste un moment silencieux.

— Vous l'aimez ?

— Quelle question étrange ! Si vous me la posez, c'est que vous connaissez la réponse : j'aime Rialta et j'en voudrais terriblement à celui qui la ferait souffrir ! Celui-là serait responsable de sa disparition définitive.

— Elle vous connaît ?

— Peut-être.

— Je lui parlerai de vous...

— Dites-lui alors que vous avez rencontré Génie.

— Génie ?

— Eugénie, si vous préférez. Mais là-bas on m'a toujours appelé Génie. Vous avez vu l'heure ? Il est midi ! Il faut que je file ! Mon poisson va tourner !

— Je...

— Vous voudriez savoir si nous nous reverrons ? Je ne vous demande même pas comment vous vous appelez, je n'en ai pas besoin. Vous êtes le nouvel amant de Rialta. D'un éclat de rire, Génie se lève, attrape son panier et lui tend la main.

— Mais elle en a eu tellement que je pourrais m'y perdre ; dites-moi quand même votre nom !

— Adrien.

Elle baisse un peu ses lunettes et le regarde amusée :

— Comme c'est curieux, c'est le nom de son premier amour... On peut dire que vous avez de la chance ! »

Les jambes balancent les hanches et le panier suit le même mouvement. Elle s'efface au bout du cours, il tente de l'apercevoir dans le dédale des étals et des toiles bariolées du marché, puis la perd tout à fait. — Me voilà le nouvel amant de Rialta ! C'est une histoire de fous !

*

* *

C'est cette façon qu'il a depuis une semaine de regarder son tableau haïtien, à croire que cette femme toute nue lui fait les yeux doux, qui la met hors d'elle. Jeanne la trouve exagérément lascive, sans aucune pudeur, à se prélasser sur son canapé, le sexe presque offert sous le ventre rond, les seins lourds sous le collier de nacre et son sourire perpétuel ! Et ces coupes pleines de fruits à portée de sa main, c'est d'un ridicule ! Il la contemple et je suis sûre que hier après-midi quand il s'est levé, il a passé son doigt sur son ventre. Oh, un geste bien furtif, mais je l'ai vu. Elle est là, elle domine la chambre, elle m'énerve. Et cette nouvelle manie de se couvrir soigneusement du drap quand il fait l'amour, lui qui transforme d'habitude le lit en champ de bataille, comme s'il ne voulait plus qu'elle puisse voir ce que nous faisons. Il l'appelle par son nom, où a-t-il appris qu'elle avait un nom ? Il paraît qu'elle était à moitié espagnole, je n'ai rien compris à ce qu'il m'a raconté, son père était de Colombie ou de Saint-Domingue, et alors ? Si je m'écoutais, je la fourrerais dans un placard. Il faut que je lui en parle. Il va me prendre pour une toquée. Me voilà jalouse d'une peinture exotique. Oui mais, c'est elle ou moi.

C'est elle. Adrien s'est aperçu de l'antipathie croissante de Jeanne pour Rialta. Au début, il a haussé les épaules, mais quand elle lui a dit un jour que le tableau ferait très bien accroché dans la penderie, sa décision a été tout de suite prise : jamais Rialta ne quittera sa chambre, à l'emplacement exact où il l'a mise. Elle ne supporterait pas d'être enfermée dans le noir, sans plus pouvoir respirer l'air du dehors par la fenêtre qu'il prend soin de laisser ouverte quand il s'en va. Il fait exactement ce que lui a recommandé Génie. Rialta a besoin d'air frais et de soleil. Jeanne et lui se sont disputés, exactement comme autrefois. Et Rialta a gagné. Depuis qu'il a fermement déclaré que la peinture resterait là et qu'il était ridicule d'être jalouse d'un tableau,

Rialta est heureuse. Elle s'est tournée plusieurs fois pour le suivre des yeux. Elle ne se cache presque plus.

Jeanne est partie. En conduisant, elle pleure tellement qu'elle actionne machinalement les essuie-glaces. La nostalgie de l'amour avec Adrien, c'était une illusion, un tour de prestidigitation, une colombe échappée d'un chapeau, une pincée de magie. Mais c'était tout de même si agréable de croire l'aimer à nouveau. Elle sait qu'elle ne reviendra jamais.

# 6

La route est toute cabossée, les rares plaques de goudron cachent des précipices sûrement creusés par des poules géantes. Amédée, que l'on dit Médée, rigole à chaque fois que son incroyable guimbarde bleu ciel en lâchant la dernière plainte de ses essieux plonge dans un trou qui s'éclabousse de boue rouge. La musique à fond, la chaleur, le rire d'Amédée, qui se signe au moment de croiser un camion qui a décidé de ne lui laisser aucune place sur la route, mais il passe quand même, c'est à la grâce de Dieu, et puis ces chauffeurs de camion en prendraient trop à leurs aises si on leur montrait qu'on en avait peur. C'est un nuage de poussière et de fumée noire, un vacarme de ferraille et le gueulement d'un énorme klaxon, mais bien cramponné à son volant, la cigarette fermement arrimée entre ses dents, Médée ne dévie pas d'un pouce, un doigt écrasant son avertisseur. « Lui, c'est le Gros-Jean, un gars de Jacmel, il fait la route deux fois par semaine. Il paraît qu'il s'est vanté que j'irai tout seul de trouille me foutre sur le côté, mais patron, faut pas t'inquiéter, il est juste bon à faire gueuler son camion. Je le connais, ce n'est qu'un grand bec et à l'écouter après trois ou quatre bons coups de tafia, il serait le champion du pays ! Tous ces chauffeurs, c'est de la mauvaise engeance, des brutes, c'est pas comme nous les taxis, mon cher, de la dentelle fine, de la souplesse, une caresse douce de la main et la route s'ouvre et s'étale, pour vrai, une grande poésie, Monsieur ! Et puis, c'est simple : eux, les chauffeurs de camion, ils ont de la marchandise qui vaut des sous, rendez-vous compte si leur patron la perdait dans un accident, ils se feraient virer aussi sec, tandis que nous… »

C'est comme ça qu'Adrien apprend qu'il est une marchandise de moindre valeur routière que les sacs de ciment de cette brute de Gros-Jean. Mais être conduit par la grande poésie, ça a tout de même un prix, non ?

Trois jours qu'il a débarqué en Haïti. Médée qui guettait les Blancs à la sortie de l'aéroport, lui a vite fait son affaire :

« Je t'emmène où tu veux, patron, j'connais la ville comme ma culotte et tout le pays aussi, les hôtels, les plages, tous les bons endroits, si tu veux tu ne payes que si t'es content, moi c'est Médée mon nom, tout le monde ici te le dira, je suis pas un voleur. »

La casquette américaine et crasseuse, un rire de belles dents sur chaque mot, l'énorme Ford au levier de vitesses au volant, chromes luisants et décoration intérieure colorée, tout cela lui avait fait dire oui.

« T'es pas du pétrole, t'es pas des Unies, t'es pas docteur, qu'est-ce que tu viens faire chez les pauv'nèg' d'Haïti?

— Je viens voir, c'est tout.

Un sifflement des lèvres.

— Ah, ça, tu viens nous voir ? C'est comme si tu venais en visite, c'est ça ?

— C'est un peu ça.

— Alors, t'as pas beaucoup de sous, t'es pas comme ceux du pétrole ou des Unies. T'es tout seul, t'as pas la femme et les enfants ?

— Non.

— Ici, les femmes c'est des sacrées diablesses. Si tu veux, je peux...

— Non.

— À vos ordres, patron. On va où ?

Adrien n'avait pas pu lui dire qu'il n'allait nulle part.

— Un hôtel, d'abord, et puis on verra.

— Américain, français ou de chez nous ?

— De chez nous, je préfère.

— Mon cher, vous êtes un drôle de citoyen ! T'as pas peur des cafards dans ta douche, de la lumière qui ne s'allume que quand elle l'a décidé, de l'eau jaune du robinet qui coule si elle le veut bien, des colères ou des clameurs d'amour dans la chambre d'à côté ?

— Amédée, tenez-le vous pour dit : je déteste les chambres d'hôtel sans cafards.

— Vous, Monsieur, vous êtes sûrement un écrivain français ou un artiste ! Allons chez Josie, c'est tout à fait bien, les lits sont propres et c'est plutôt tranquille. Elle fait aussi de la bonne cuisine : féroce d'avocats, chiquetaille aux piments, calalou de crevettes, matoutou de crabes…

— Va pour Josie !

Médée rit :

— C'est la cousine de ma grand-mère ! Mais c'est vraiment ce que je t'ai dit, patron. Elle a aussi un vieux Barbancourt de première ! Tu verras, c'est le rhum des cannes d'ici, le meilleur du monde. »

Assis à côté d'Amédée, Adrien n'a plus rien dit. La pension de Josie se tient dans une rue calme près de l'église Saint-Antoine, c'est une vieille maison de bois à deux étages, joliment repeinte de bleu et de blanc. Quelques jolis lumignons qu'on allume le soir sous la véranda de l'entrée. À l'arrière, un petit jardin, presque rien, trois bananiers plantain, un gros jasmin rose, un manguier de cent deux ans, quatre carrés à ignames et à choux chinois, des cultures d'herbes et des piments. Les deux valises ont virevolté de la voiture vers une belle chambre au premier étage, grand lit d'acajou, ventilateur à hélices au plafond. Deux minutes plus tard, ils boivent leur premier rhum à une table de ce qui doit être une salle à manger. Des hommes y jouent aux dominos, le chapeau sur la tête, sans un regard pour l'étranger.

« Du tonnerre, n'est-ce pas ? Je vous l'avais dit, patron, ici, c'est ce qu'il y a de mieux comme case dans toute la ville ! »

Seul Blanc dans la salle, Adrien prend conscience de la couleur de sa peau. Une couleur différente et minoritaire. Heureusement qu'il y a Amédée. Il met une touche rassurante de noir sur sa peau blanche. Contrôle sur les quais du métro, lui, il n'a jamais été contrôlé, mais d'autres passagers, oui. Il n'avait pas su voir que c'était seulement sur la couleur de leur peau. Ici, pays noir, aucun contrôle. Minoritaire mais pas vérifié.

« Quel est le programme, patron ?

— Je n'en sais rien. Conduisez-moi où vous auriez envie d'aller.

Médée éclate de rire :

— Ben, c'est que si je vous emmène partout où j'ai envie d'aller, vous serez peut-être pas toujours d'accord !

Adrien rit à son tour.

— Je n'ai rien décidé. Je suis venu… Voilà, je suis venu sans trop savoir exactement pourquoi. C'est à cause d'une femme que j'ai rencontrée dans mon pays et qui m'a dit qu'elle avait vécu ici… Et à cause aussi d'un tableau que j'ai voulu lui vendre.

— Ah ! Une histoire d'amour ! Ca me plaît ! J'ai toujours aimé les histoires d'amour ! Mais la femme, si elle n'est pas venue avec vous, c'est pas ici que vous devriez être, mais là où elle est ! Elle est peut-être ici ? Si vous me dites comment elle s'appelle, je la trouverai, c'est sûr, je connais à peu près tout le monde en ville !

— Justement, je ne sais plus où elle est et je me suis dit que je pourrais peut-être mieux comprendre ce qui m'arrive si je venais ici…

— Ouais… Tu veux que je te dise, patron ? Méfie-toi, si c'est une fille du pays, elle t'a peut-être lié et elle te fera tourner en bourrique !

— Lié ?

— Ici, l'amour c'est souvent magie.

— Mais non ! Je l'ai vue deux fois, c'est tout !

— Si tu n'as pas encore fait la grande chose avec elle, en principe tu ne risques rien. Mais il faudrait demander à Josie, pour en être plus sûr, elle s'y connaît, elle est mère-de-saint.

Adrien sourit :

— Je crois bien que je dis n'importe quoi, c'est ce rhum, le matin, je n'ai pas l'habitude.

— On s'y fait, on s'y fait, patron.

— Je m'appelle Adrien, pas patron.

C'est un mot qui le gêne, il n'a jamais été le patron de personne, même pas de lui-même.

— Ici, tu payes, t'es patron ! Adrien, c'est aussi un nom qui est bien donné par chez nous. Tu connais l'histoire de Ti-Pierre, le pêcheur ? C'était un gars d'ici, jeune mais vaillant en mer comme pas deux, un gars du temps longtemps. Un jour, il s'endort dans sa barque à attendre le moment de lever ses casiers à crevettes et quand il se réveille, il fait déjà sombre et la mer s'est toute remontée de colère. Une rage de sifflements des vents, une sacrée débauche de roulis. Ni une, ni deux, mon cher, au lieu de rentrer prudemment à la rame, il tend bien fort sa voile, plein vent et cherche à filer vers la plage. Voilà-t-il pas qu'une vague veut le prendre par travers, ça c'est la mort assurée. Il se dresse tout debout et il se met à gueuler à la vague. Dès qu'une passe dessous, une autre prend sa place et ainsi de suite, une vraie misère ! Le Ti-Pierre, il est toujours debout à leur débiter des injures. Grandes salopes ! Putains ! Ventres pourris ! Mais rien n'y fait, elles veulent prendre sa peau de pauvre nègre. Et lui, il veut pas la leur donner, c'est pas le jour ! Aussi vrai que je vous le dis, il n'a plus sa voile, toute partie en lambeaux et sa yole mène une sacrée danse ! Foutu, qu'il est ! Qu'est-ce que vous auriez fait à sa place, hein ? Comme nous tous, rien, sauf à prier les saints. Lui, il attrape sa fiole de rhum, du pur cœur de chauffe à soixante-deux, celui qu'on garde pour les mauvais moments, ou même les bons, c'est à voir, il s'enfile une bonne rasade et le reste, il le vide dans la mer. Vous me croirez si vous voulez, mon cher, mais cette mer-là elle devait avoir soif. À peine elle a bu son rhum, qu'elle se met à faire la chatte, et je me tourne et je me retourne, si bien que les vagues l'ont porté tout doucement dans leurs bras jusqu'à la plage. Tu vois, patron, il ne faut jamais médire de ce breuvage-là, il est bien capable de vous sauver la vie ! Bon, il va falloir qu'on se décide, M'sieu Adrien. Je ne peux pas gagner mon argent rien qu'en sifflant des rhums avec mes clients, sinon ma réputation sera vite faite par ici ! »

C'est comme ça qu'ils ont décidé de partir faire une tournée de deux jours vers le sud, une idée d'Amédée, une bonne partie de sa famille est de là-bas.

*

*   *

Génie marche lentement, l'ombrelle de dentelles fines sous le soleil. La robe de coton blanc juste assez courte pour laisser voir le jupon de même belle dentelle. Non, elle n'a ni ombrelle ni jupon fait à la main, madame quel bel ouvrage tu as là et quelle finesse ma chérie, elle a seulement un pantalon léger de toile beige, des sandales de cordes et une ample chemise blanche d'homme qui flotte dans son dos. Ni galerie de bois, avec ses petites grenouilles accrochées au plafond par les ventouses de leurs pattes, ni même véranda sous la pluie. D'ailleurs, il ne pleut pas, ce n'est pas la saison. La chaleur suffoque et pour s'en défendre il faut savoir la respirer par la bouche, l'avaler à grandes goulées, ainsi elle vous pénètre et stabilise mieux votre température. La sueur fait des petites rigoles de fraîcheur dans le dos et sèche à peine venue mouiller la chemise. Marcher lentement, sentir l'écrasement de l'air chaud, espérer une brise, juste de quoi souffleter une mèche ou deux de cheveux, c'est avoir son corps à soi, tout gavé de soleil et de chaleur, un corps repu qui enfin vibre et qui ressent. Rien n'a changé vraiment. Les mêmes trous dans la chaussée et les trottoirs, les mêmes ordures jetées dans un coin, trois chats qui y furètent, l'un d'eux a une oreille déchirée, certainement une nuit d'amour, les mêmes amoncellements jusque haut sur les flancs du mont de cases toutes de vieux bois et de tôles rouillées, de temps à autre les vestiges d'une antique maison à colonnades, la jungle des fils et des câbles électriques qui sont des lianes enlacées au-dessus de la rue et des maisons, la poussière, la chaleur de plomb fondu, des hommes qui sommeillent assis sur les marches devant la porte de leur maison, la joue dans la main et la tête sous le chapeau de paille tressée, trois petites filles en jupe écossaise plissée et socquettes blanches sortent d'une école, nattes savantes, chuchotis de secrets et rires d'oiseaux, un garçon les regarde, supérieur de dédain et balance de colère son pied dans une canette de bière. Génie passe dans le tintamarre et la fumée des autobus magnifiques et des voitures.

*

*   *

Adrien est parti. Quatre jours au moins qu'il ne vient plus dans la chambre. Le lit est fait, la maison est silencieuse. Il a laissé ouverts les volets de la fenêtre de la chambre. Elle peut ainsi savoir quand il fait jour. Elle les a bien comptés : quatre.

Rialta soupire. Elle s'est assise. Dehors il pleut. Elle a un peu froid. Le peignoir d'Adrien, une longue soie noire avec des dragons chinois pend sur une chaise. Si elle osait... Quatre jours qu'il n'y a personne. Elle descend de son cadre, marcher un peu lui dégourdit les jambes, elle s'enveloppe jusqu'au cou, la soie est douce, elle a le parfum et l'odeur d'Adrien. Le lit, vaste et haut avec ses montants de vieux bois sombre... Juste s'allonger un peu... Le drap est doux, le lit rien que pour elle, le visage dans l'oreiller qui porte l'odeur de sa tête. Elle écarte les jambes, étire ses orteils l'un après l'autre, ses bras, ses mains, le drap blanc caresse le cacao sombre de ses seins et de son ventre, elle se pelotonne sur le côté, s'étire à nouveau, jambes et bras tout grand ouverts. Elle se sent très détendue. Pour la première fois depuis le 7 février 1922, jour exact où Joachim a fini son portait, elle s'endort.

Elle rêve. Dans le train les passagers suffoquent ; l'air est lourd et confiné. À côté d'elle Justiniano somnole, le chapeau qui a été blanc baissé sur les yeux. Parfois d'un geste de la main, il écarte la mouche qui revient sans cesse se poser sur sa joue. Ils vont passer tout le mois dans une fazenda de seu Aureliano Moraes dont il est l'intendant près de Bahia. C'est là-bas qu'il fait récolter le cacao pour le propriétaire. Elle l'a rencontré à Port-au-Prince, il sortait au matin d'une maison de femmes et de jeu, hilare, le ventre en avant, les yeux rouges d'insomnie et de tafia. Il l'a presque bousculée sur le trottoir, tellement il était mal en point. Un bel homme de quarante ans, teint très brun de café, nez fin, les lèvres larges et des dents de carnassier, cheveux noirs et bouclés, un homme fort et de haute taille. — Faites excuse, mam'zelle ! Elle se met à rire, tellement son français est étrange. Il la regarde étonné, puis se met à rire lui aussi. Un bon rire, massif, sonore. Il finit par parvenir avec beaucoup de gestes des deux mains à lui expliquer qu'il ne trouve plus son chemin et qu'il veut rentrer à son hôtel. C'est tout près. Elle l'accompagne. En marchant, il ne cesse pas de jacasser, quelques rares mots de français, chère Madame, vous permettez, mais je vous en prie, merci beaucoup, mais davantage d'espagnol et beaucoup de portugais. Il a l'accent chantant du Brésil. Il est venu en Caraïbe régler des affaires pour son patron : Cuba et puis Saint-Domingue et Haïti. Il ne fait pas que des affaires pour le patron, il en profite aussi pour faire la noce à ses frais.

« Mon patron, *seu* Aureliano est un grand propriétaire, très puissant, il a beaucoup de terres toutes plantées de cacaoyers, des métayers en grand nombre et aussi des maisons en ville. Il est riche, très riche. Quand j'ai été embauché il y a vingt ans, il fallait le voir passer dans les plantations, droit comme un bois sec, la badine à la main. Un froncement des sourcils et sans un mot, le gars qui avait oublié une branche cassée sur un arbre ou laissé pourrir un sac de cabosses, son affaire était réglée aussi sec, c'était "ce soir tu prends tes nippes et tu files, t'as compris ?" Si le pauvre bougre n'avait pas compris, deux ou trois de ses gardes savaient jouer du couteau et de la carabine pour le faire déguerpir, lui et toute sa petite famille. Et les fêtes dans la fazenda quand il recevait la compagnie du voisinage, juge, préfet, chef de la police, sénateur, tout ce qui comptait dans le coin y était invité ! C'est à lui et à la vieille famille des Moraes qu'ils devaient tous leur place. Maintenant, il reste tout seul dans son coin enfermé dans sa fazenda. Ses fils sont à San Salvador ou à Rio à faire la fête et à dépenser ses sous ; sa femme, sia Tereza est morte il y a neuf ans, une mauvaise fièvre de par chez nous avec des abcès de pus, une fièvre si sale qu'il a fallu clouer le cercueil dès le premier jour tellement elle puait. Ca devait la divertir la pauvre, d'empester ainsi son mari, il lui avait planté tant de cornes sur le front ! Il pique tantôt une colère, manière de ne pas perdre la main, mais le cœur vaillant d'autrefois n'y est plus. De ce fait, c'est moi qu'il envoie à présent en tournée pour ses affaires. C'est tant mieux, parce que comme ça, je vois enfin du pays. Il en a fait de sacrées virées par ici, paraît qu'il était la coqueluche des meilleurs bordels de la ville et que les femmes sitôt annoncée son arrivée, se précipitaient en grand train sur le port pour lui souhaiter la bienvenue ! Et au domaine à la fazenda, il a semé des gosses comme autant de fèves de cacao dans une cabosse. Ah, *o senhor* Aureliano, ça c'est un homme de l'ancien temps, un homme qui en avait, ça oui il en avait, tiens, comme ça ! Et il montre son gros poing fermé à Rialta. »

Dans le train, Justiniano somnole toujours. C'est la première fois qu'elle voyage en bateau, un gros vapeur qui les conduit au Vénézuéla et de là vers la côte brésilienne. Le capitaine, un Portugais de Pernambouc, aimable et discret, leur a donné sa meilleure cabine. Elle a été malade, la mer c'est bien quand on la voit depuis la plage, mais passés les premiers jours à suer, à trembler et à tout vomir, elle a fini par s'acclimater. Le train aussi, c'est la première fois. Pourquoi l'a-t-elle suivi ? Il lui a dit des doux mots d'amour en lui mordillant l'oreille et le téton, de ces mots qu'en ce moment-là elle avait bien envie d'entendre. Il lui a dit aussi belle maison, promenades d'amoureux dans les allées majestueuses plantées de grands jaracandas, elle ne sait pas ce que sont ces arbres elle les imagine, il lui a dit paradis de soleil et d'or, nuits de lune d'argent et de diamant, il lui a dit tous les mots enveloppés de douceur. Au lit, Justiniano sait aussi les gestes de caresse, le frémir qui fait fermer les yeux, tremblement de désir sous les paupières, il sait le couler de la fleur ouverte, magie sainte de la floraison dans la sueur, le remuer lent, puissance insistante et douce des reins, le flamboyer du ventre, soleil de feu dans la nuit, il sait donner toute la chaleur de son miel et de son sucre. Dites-moi ma chère, qui ne l'aurait pas suivi ?

Ainsi rêve Rialta.

*

* *

« Tu veux bien me dire son nom, patron, c'est pas de la curiosité, mais maintenant que je sais que tu es venu pour une histoire d'amour, j'aimerais bien savoir ! Je suis sentimental…

— Eugénie, elle s'appelle.

— Il y a plein d'Eugénie par ici. Elle n'a pas un autre nom ? Tu sais, le petit nom d'amour…

— On l'appelle aussi Génie.

— Et ben ! Génie, c'est le petit nom qu'elles ont toutes ! Comment tu veux que je fasse pour savoir de quelle famille elle est ! Des dizaines, des centaines, des milliers de Génie ! Elle est noire ? La peau d'un noir bleu, la plus belle, celle qui est couleur de fer ? Noire sombre, peau congo, couleur de la nuit ? Ou bien mulâtresse, couleur de jolie cannelle ou de café ? Plus claire encore ? Café noyé, petite sapotille ou fruit tendre de l'arbre à pain, igname de douceurs ? Blanche, comme Blanc-France ? Ah non, mon cher, je ne peux pas le croire, une Génie ne peut pas avoir la couleur d'une pomme de France, dis-moi tout un arc-en-ciel je choisirai la couleur, mais pas le blanc !

— Génie est blanche en dehors mais elle est peut-être noire en dedans.

— Ah bon ? C'est vrai, c'est tout ce qui compte, la couleur qu'on a en dedans ! Est-ce qu'elle danse ? Je la vois ! Aussi blanche que ma chemise, mais quand elle danse, mon cher Monsieur, c'est une bénédiction de tous les saints, une beauté, une allégorie ! Une vraie fille-de-saint !

— C'est ça, Amédée, une allégorie !

— Dis patron, moi des allégories, je ne sais pas trop ce que c'est et je n'en ai sûrement pas souvent croisées, sinon je m'en serais souvenu, mais c'est un mot que j'aime bien. C'est pas une femme sans tête au moins que ta Génie ?

— Pourquoi veux-tu qu'elle ait perdu sa tête ?

— Aïe ! Ne parle pas ainsi ! La femme sans tête, Dieu m'en préserve ! C'est magie et mauvais vaudou ! Celui qui la trouve sur son chemin, il peut partir au galop, rien à faire, il est mort !

— Génie a toute sa tête ! Et même trop...

— Tu me rassures, patron ! Elle est jolie fille au moins ?

— Plutôt...

Amédée se gare dans la rue et serre d'un coup sec le frein à main.

— Si vous voulez mon avis, tu es lié ! Ouais, tu es lié ! Tu n'en sais rien mais tu es lié ! Il faudrait passer chez ma cousine la vieille Josie, elle te fera ce qu'il faut...

— Je ne suis lié à rien du tout ! Je ne sais même pas qui elle est ! »

*

*   *

« Bénédiction des saints ! Mam'zelle Génie ! Ma fille, petit oiseau, canne sucrée, miel de fleur, où étais-tu passée ? Des années et même sûrement des siècles que je t'ai attendue ! Vilaine ! Fillette ! *Ti fiy an mwen !* »

La très vieille femme dans son fauteuil d'osier, la jupe remontée comme autrefois sur les cuisses nues, mais maintenant si maigres et décharnées et Eugénie toute petite fille qui s'assied sur ses genoux. — *Man'Doudou, man'Doudou an mwen !* Et les voilà qui se bercent l'une l'autre, toutes enlacées d'amitié et d'amour.

— T'as pas oublié ta pauv'vieille, hein ? Ta man'Doudou ! Et toi, ma fille, ma toute blanche, ma colombe, mon cœur, ti-bou de sucre, faut-il que tu sois toute tournée pour venir sans rien prévenir chez ta pauv'maman négresse, hein ? »

Génie se blottit contre l'épaule de la vieille femme, odeur de tabac à chiquer, parfum de musc, relent de sueur, d'eau de mer et de sel, fraîcheur de la feuille du bananier, odeur douce à s'y perdre une fois pour toutes sans jamais en revenir, parfum d'amour de bonne vieille maman en Haïti.

« Toi, tu me caches quelque chose !

— C'est à cause d'Adrien, maman...

— Adrien... C'est un joli nom, ma fille, c'est ton mari ?

— Non.

— Ah, Bon Dieu de tous les saints, tu n'as pas encore de mari ?

— Si, j'en ai un, mais à présent c'est lui que je veux, maman.

Le silence. La vieille berce l'enfant accrochée à son cou. Le soleil reste dehors, il n'ose pas entrer. Tant d'amour ébloui le laisse à la porte.

— Ah, man'Doudou, si tu savais !

— Je sais tout, ma petite fille, tout de toi je sais, je te dis !

Génie lui souffle dans l'oreille :

— Dis, tu te rappelles la femme peinte, la Rialta ?

— C'est la Rialta de Santo-Domingo? Ah, ça si je m'en souviens !

— Elle est chez Adrien, man' ! C'est lui qui l'a à présent.

— Ce n'est pas une bonne chose pour cet homme. Elle doit toujours rester enfermée dans le tableau, comme on l'y a mise et ne jamais en sortir. Tout cela, tu le sais.

— Je voulais l'acheter, mais il était passé avant moi. Il m'a proposé de me la revendre quand je l'ai rencontré, mais j'ai refusé.

— Mmm... C'est peut-être bien elle qui a refusé ! Tu ne sais pas de quoi elle est capable !

— Raconte, man'.

— Je te l'ai déjà tant de fois raconté, ma fille ! Quand je l'ai connue, j'étais bien petite, pas plus haute que cette chaise. C'était peut-être un an ou deux avant que le barbouilleur ne s'en amourache et décide de la peindre. Elle était rentrée d'un de ses voyages, toujours des voyages avec un homme, bien sûr. Je crois que celui-là c'était un homme du Brésil, un grand parleur aux femmes qui l'avait emmenée chez lui. Elle y est restée trois mois, le temps de se prendre, de se déprendre et de revenir par le bateau. Comme chaque fois... Avant lui, il y avait eu un Blanc, un jeune ingénieur des mines. Celui-là, elle l'a gardé plus longtemps, ils roucoulaient tous les deux dans sa maison à la mine. Et il est parti, sans l'emmener avec lui.

— Tout ça je le sais, c'est vrai. Je sais aussi le beau pêcheur Adriano son premier amour et tout le reste.

— Tu vois ? Tu me fais dire ce que tu sais déjà ! Ah ça ! Les hommes l'aimaient. Il suffisait de la croiser, un mot par ci, un petit bonjour, et celui qui a l'a vue s'en rentre chez lui tout bouleversé. Jupons blancs, dentelles, belle robe et le madras sur la tête souvent noué à trois pointes, tu sais ce que ça veut dire, cœur esseulé, ma chère ! Tu crois maman ou non, mais Rialta était si belle femme que même mon pauvre papa en a eu sa tête remuée tout un mois, rien que parce qu'elle lui a jeté trois petits mots et deux jolis sourires au marché !

— Man', elle va me prendre Adrien !

— Ma fille, c'est donc pour ça que tu es venue !

Ses doigts agiles massent la tête de Génie. Douceur des doigts qui courent à la racine des cheveux depuis la nuque jusqu'au sommet du crâne, tournent sur le haut des tempes, s'arrêtent au-dessus du front, repartent derrière les oreilles, des doigts pour apaiser les douleurs et effacer les tourments.

— Il y a grande cérémonie demain soir. Si tu veux, ma fille, tu pourras venir. »

*

* *

Très intimidé, Adrien hésite avant d'entrer et Amédée doit le tirer par la main.

« Viens, patron, tu es avec moi. »

Il finit par se laisser faire et suit Amédée à l'entrée de la grande case. Il y a déjà beaucoup de monde, hommes et femmes, tous assis sur la terre battue, ils forment un grand demi cercle. Amédée le fait asseoir à côté de lui, en saluant ses voisins sans cesser de lui tenir ostensiblement la main.

« Maintenant, M'sieu Adrien, il faut regarder et écouter. Et surtout – il pose un doigt sur sa bouche – surtout, ne rien dire. »

Dans l'après-midi, rentrés à la pension, Amédée est venu le trouver dans sa chambre.

« J'ai réfléchi à ta situation, patron. J'en ai touché un mot à ma parente Josie, elle m'a dit qu'elle voulait bien te voir. Attends ! Ce que je fais, c'est pour toi ! Vous les Blancs, je sais bien que vous ne croyez à rien ! Mais ici, tu es chez nous, et en Haïti, il te faut croire comme nous. Mon cher, c'est pas souvent que Josie accepte un étranger ! Elle est grande mambo, une mère-de-saint. Elle saura peut-être pour la femme que tu cherches. Si elle ne sait rien, c'est pas grave, tu auras passé un moment qui je l'espère, te fera ouvrir les yeux et les oreilles ! »

Il l'avait suivi. Mais devant les quatre poteaux de bois qui soutenaient l'auvent coiffé de tôles qui servait d'entrée à la salle de la cérémonie, quelque chose l'avait retenu. Il s'était senti atrocement étranger, si étranger qu'il avait violemment détesté la couleur de sa peau.

Le silence se fait. Une très vieille femme, seulement vêtue d'une robe blanche jusqu'au dessus des genoux, entre dans le cercle, sans qu'il ait pu voir d'où elle est venue. Elle agite une calebasse pleine de petits os blancs qu'elle montre à l'assistance. Quand elle passe devant le rang où sont assis Adrien et Amédée, elle s'arrête et les regarde. Puis elle continue jusqu'à faire le tour complet de la salle. Il y a planté en plein milieu un grand poteau coloré. Tout autour de ce poteau, des figures géométriques ont été tracées à la craie et à son pied il y a des assiettes de nourriture, riz, haricots, morceaux de poulet grillé dans des feuilles de bananier. Quand elle finit son tour en secouant les os de la calebasse, l'assistance l'appelle : « *mambo ! mambo !* » Adrien comprend qu'elle doit être Josie. La femme tient à présent une cruche et asperge d'eau le sol de terre. À chaque fois que l'eau se déverse, l'assistance scande son geste en tapant dans les mains. Un tambour venu de l'obscurité du fond de la salle se met au rythme des mains. Puis le battement du tambour s'accélère, il n'y a plus un tambour mais deux, trois, quatre qui battent un rythme de plus en plus fort et de plus en plus rapide. À la gauche d'Adrien, une femme fait aller ses épaules nues en secouant la tête. Amédée qui a fini par lâcher la main d'Adrien, suit lui aussi de tout son buste le mouvement des tambours. Adrien entend le battement qui fait osciller son corps assis, qui pénètre sa poitrine, soulève ses côtes, dilate son ventre et s'empare de son cœur dont le sang ne bat plus qu'au rythme de la musique. Le tam-tam résonne dans ses os, s'insinue dans ses nerfs et le mouvement autour de lui le pousse à scander les tambours de tout son buste. La vieille femme, tout autour du poteau, danse elle aussi, sa tête penchée sur une épaule, les yeux grand ouverts, les bras le long du corps et seuls ses pieds suivent le battement dans la poussière. Deux hommes eux aussi habillés de blanc, apportent un coq et malgré ses cris l'égorgent aussitôt au pied du poteau. Quand le sang jaillit dans les derniers gloussements de son cou, les deux servants en arrosent une grande assiette creuse. L'un d'eux porte le sang frais à sa bouche. Aussitôt toute l'assistance se lève et accroupie autour du poteau, trempe à son tour les doigts dans ce sang. Les tambours se font violents. À présent, chacun de leurs battements percute tout le corps d'Adrien. Il regarde Amédée qui plonge sa main dans l'assiette de sang. — Le sang, c'est bon pour les *loas* ! Toute la salle est dans la danse, femmes et hommes mêlés, le même trépignement des pieds, le balancement du corps entier. Des bougies s'allument au fond de la salle, derrière les tambours. Elles éclairent un petit autel tout couvert de tentures de couleur, de croix de bois, de petites bouteilles, de flacons et de photographies. C'est là que se tiennent les wangas destinés à la protection de chaque assistant. Figures de monstres, images grotesques de corps pénétrés par les esprits, œils des saints tutélaires. Le sang du coq égorgé a réjoui les loas. Les tambours pénètrent et soulèvent les danseurs qui tournent autour du *poto-mitan*, le grand poteau aux offrandes, dans la sueur et l'odeur du sang du coq. Des bouteilles de rhum circulent et les hommes en boivent de longues rasades sans cesser de danser. Adrien est resté assis, effaré. Amédée est avec les autres, sa chemise flotte, il est tout tordu de figures étranges, il se baisse, presque à genoux et se lève, les bras en avant, la tête molle, un immense sourire dans sa figure.

Josie est restée dans le fond près de l'autel. Là où elle est, il fait assez sombre. Elle n'est pas seule. Une autre femme est avec elle. Toutes les deux se tiennent aux épaules et dansent dans la pénombre. Une femme pousse soudain un cri rauque. Toute l'assistance l'applaudit. Elle se met à danser de plus en plus vite, tout autour du poteau, ses bras se désarticulent, sa tête ballotte, elle danse toujours plus vite en suivant l'accélération frénétique des tambours. Elle relève sa jupe sur ses cuisses, elle se baisse accroupie, elle est au sol appuyée sur ses coudes et son ventre et ses hanches se lèvent en suivant le rythme. Amédée est revenu s'asseoir.

« C'est une belle cérémonie ! Il désigne la danseuse : regarde comme le *loa* la chevauche ! Ce soir, le *loa* c'est madame Erzulie, la sainte de l'amour ! Cette femme a de la chance d'avoir été choisie ! »

Un à un les danseurs vont s'asseoir. Il ne reste plus que la femme toujours au sol. Son rythme se ralentit, elle paraît épuisée. Les tambours se taisent les uns après les autres. La vieille femme s'approche de la danseuse maintenant allongée et immobile. Elle s'agenouille et attire sa tête sur ses genoux ; elle lui caresse les cheveux. Les bougies sur l'autel finissent de se consumer. Amédée tire Adrien par le bras : « c'est fini ».

Une fois dehors, Adrien demande :

« La vieille femme, c'est Josie ?

— Oui, c'est elle. Elle t'a vu.

— Mais elle ne m'a rien dit !

— Elle n'a pas besoin de parler. Elle voulait te voir et elle t'a vu. C'est la Zulie qui est venue, tu te rends compte ? »

Adrien ne comprend pas très bien.

*

* *

Rialta s'est réveillée d'un seul coup, toute en sueur. Un tambour résonne dans ses tempes. L'air de la chambre sent la forêt humide, il flotte une odeur d'herbes brûlées et de rhum. Elle se souvient. Erzulie l'avait chevauchée, sans jamais vouloir la lâcher, tellement qu'il avait fallu la ranimer, et depuis cette cérémonie, elle savait qu'elles étaient liées.

*

* *

« Man', je pars aujourd'hui !

— Tu fais bien. Il te faut rentrer chez toi, maintenant.

— Mais chez moi, c'est ici !

— Ici, là-bas... Chez toi c'est là où tu vas être aimée.

— Il est venu hier soir, tu l'as vu ?

— Oui je l'ai vu.

— Et qu'est-ce que t'as vu ?

— Cet homme est ton mari, Génie, ton vrai mari.

— C'est vrai ? Dis, man', c'est vrai ?

— Est-ce que je ne t'ai pas toujours dit la vérité ?

— Si, maman. »

Génie descend l'escalier. Man'Doudou habite au deuxième étage, deux pièces bien éclairées qui donnent sur le jardin. Tout le premier est consacré aux locataires de la pension. Au rez-de-chaussée, il y a la cuisine et la grande salle qui sert de café et de salle à manger. Un homme qui porte des paquets embarrasse tout l'escalier.

« S'cuses, mam'zelle !

Elle le regarde prête à rire de sa maladresse.

— Médée ! C'est toi ?

— Ben oui, c'est moi.

— Tu ne me reconnais pas ?

— Non. Vous êtes qui ?

— Génie ! *Ti fiy* à man'Josie !

Amédée lève les deux bras et laisse dégringoler ses paquets.

— Nom de Dieu ! Génie ! Ah, nom de Dieu de nom de Dieu !

— Et bien, Médée, c'est tout ce que tu sais dire ?

Elle s'approche et l'embrasse sur les deux joues

— Dis donc, t'es un sacré beau gars à présent !

Amédée rit et tremble à la fois.

— Ah, si j'avais pensé ! Génie !

— Ramasse tes paquets de touriste et descend avec moi, on va fêter ça !

— Je porte les paquets dans la chambre de mon patron et j'arrive, mam'zelle Génie, j'arrive ! Ah, ça alors !

Ils sont attablés devant deux verres et une bouteille de Barbancourt.

— À ta santé, Médée ! Toujours pas marié ?

— Ben non. Enfin... Pas devant le prêtre. Mais j'ai pas à me plaindre, tu sais comment c'est ici, je picore à droite et à gauche, mais de là à faire foyer... Il faut des sous et une vie régulière.

— Tu n'as pas changé !

— Et toi, mam'zelle ?

— Moi ? J'ai un mari là-bas en France.

— À sa santé, alors !

Elle retient brusquement son bras.

— Non, pas à sa santé ! Ici en Haïti, on dit toute la vérité, n'est-ce pas ? C'est ce que j'ai appris quand j'étais petite. Mon vrai mari, ce n'est pas lui, c'est un autre. Si tu veux bien, on va boire à sa santé !

— J'peux pas boire la santé de quelqu'un dont j'connais pas le petit nom !

— Adrien.

— Nom de Dieu, ah sacré nom de nom de Dieu !

— Ça te reprend ?

— C'est que mon patron il s'appelle Adrien lui aussi et c'est un Blanc de France. Il part aujourd'hui. C'est drôle, non ?

Eugénie le regarde fixement.

— Qu'est-ce que t'as dis ?

— Moi ?

— T'as dit Adrien !

— Ah ! Je le savais bien que c'était une vraie histoire d'amour ! Mon Dieu ! Et m'voilà moi Médée, en plein dedans ! Bon, j'vais te dire, Génie. Parce qu'à toi, j'peux rien cacher. Cet Adrien de France, il m'a dit qu'il était venu en Haïti parce qu'il avait rencontré une Eugénie. J'ai un peu cherché avec lui, mais j'te jure, jamais j'ai pensé que ça pouvait être toi !

— Pourquoi tu dis que c'est moi ?

— Comme ça...

— Médée mon très cher, tu t'es fait des idées ! Un brin de soleil, deux coups de rhum et te voilà à dégoiser toute une histoire jolie à ta façon !

— Ouais... C'est comme tu veux, mam'zelle Génie... Mais tu sais ce qu'il m'a dit ? Que cette Eugénie-là, on la criait Génie, tiens, tout comme toi !

— Il t'a dit ça ?

— Et aussi que cette Génie elle est blanche en dehors et noire en dedans. T'en connais une autre que toi qui est comme il a dit ?

Génie se met à rire. — Il a dit ça aussi ? Bon, on va boire tous les deux à sa santé !

Très à son aise mais avec quelques airs inspirés de mystère et de conspiration, Amédée raconte les quelques jours passés à accompagner Adrien.

— Et hier soir, je l'ai amené à la cérémonie de man'Josie. J'ai pensé que peut-être, elle pourrait voir quelque chose...

— Je l'ai vu...

— Tu y étais, toi aussi ? Mais j'tai pas vue !

— J'y étais et je sais que man' elle a regardé Adrien.

— Ah ! J'ai donc pas fait tout ça pour rien ! Le loa d'Erzulie est venu. C'est un bon présage pour toi.

— Ça, Médée, c'est ce que tu dis !

— Ben, on va voir... Il va pas tarder maintenant. Je dois le conduire à son avion.

— Et bien, tu nous conduiras ensemble, je pars moi aussi.

— Tu te rends compte, quand on va savoir en ville que Médée a réuni deux cœurs de France dans son taxi ! C'est la célébrité !

— Ne te fais pas trop d'idées, mon cher. Je monte dans ta voiture parce qu'à deux passagers, on fera des économies… Et puis surtout parce que je t'aime bien. Tu te souviens ? T'étais un *ti moun* pas plus haut que ça et il me fallait monter dans le vieux manguier de Man' Josie pour te choisir les plus belles mangues ! Celle-là, Génie, attrape celle-là ! Tu oublies aussi que c'est moi qui t'ai appris à faire du vélo. Celui-là même qu'on m'avait offert pour mes onze ans et que tu m'as tout cassé en faisant le mauvais diable dans la rue. Et tout le reste… Dis, tout ce temps sans nous voir, pas un mot, pas une nouvelle, rien… Et nous voilà tous les deux à siroter le meilleur Barbancourt de la maison de maman comme deux vieux amis! Tu vas me conduire dans ta voiture et je me mettrai devant. Musique à fond et tu feras crier ton klaxon, *siouplé* !

— Ah ça ! C'est le plus beau klaxon de tout Port-au-Prince ! Quand on entend ma voiture, les gens disent tiens, c'est Médée-la !

— Tu ne lui dis pas une parole à Adrien, promis ? Je ne monterai dans ta voiture que quand il sera déjà installé, d'accord ?

Amédée se met à rire. — Et bien dis donc, ma chère, si ça c'est pas du mystère d'amour, c'est que j'y connais plus rien ! »

*

* *

« S'il vous plaît, montez derrière. La police à l'aéroport elle n'aime pas que mes clients soient devant.

— Ah bon ? Allez, on y va ! »

Un long coup de klaxon.

« Vous voulez ameuter tous les chiens du quartier pour qu'ils nous suivent ?

Amédée se retourne en rigolant.

— C'est pas les chiens, M'sieu Adrien, tu vas voir !

Adrien fait un bond sur la banquette.

— C'est elle, c'est elle !

Le clin d'œil du chauffeur dans le rétroviseur.

— Qui ça, patron, *fanm-la* ? Une cliente qui m'a demandé à partir à l'avion elle aussi !

— Je vous dis que c'est elle, c'est Génie ! C'est elle !

Amédée se précipite pour prendre ses bagages. Elle s'installe sur le siège avant avec un grand sourire.

— Tiens, c'est vous ? Vous étiez à Port-au-Prince vous aussi ?

— Vous !

— Médée, mon très cher, musique et klaxon, je te prie, Génie ne part pas en silence, il me faut ta fanfare !

Amédée enfonce son chapeau sur son crâne.

— C'est parti, mam'zelle Génie ! La cassette, c'est tout nouveau, Ti-Coca, un jeune gars de Port-Haïtien, la meilleure bamboche de meringue en Haïti ! »

# 7

Du bruit dans la serrure. Elle reconnaît son pas dans l'entrée. Il va à la cuisine boire un verre d'eau. Rialta file dans le tableau, juste le temps de tirer la courtepointe sur le lit. À peine elle est sur le canapé rouge, les bras passés sous la nuque qu'elle voit le pyjama noir avec ses dragons chinois jeté sur le parquet. Elle n'a pas le temps d'aller le ramasser, Adrien est déjà à la porte de la chambre. Il entre et pose sa valise sur le lit. Il se déshabille et passe à la salle de bains. Elle entend le jet de la douche. Un moment après, il revient, une serviette nouée à la taille. Il va à la fenêtre regarder la rue, puis il s'approche du lit, il ramasse le pyjama et le place sur une chaise. Il s'arrête devant le tableau.

« Tu sais, je viens de ton pays… Et je vais te faire une confidence, celle que je cherchais ici, je l'ai rencontrée là-bas ! Nous habitions la même pension et je ne le savais pas, jusqu'au jour du départ ! Tu te rends compte ! Ouais, tu t'en fiches ! — Non, je ne m'en fiche pas. Surtout si tu me dis que tu as rencontré là-bas une femme que tu cherchais ici. C'est une fille de Haïti ? Aïe, maman, le voilà qui s'occupe à présent d'une fille de Haïti ! Adrien, si tu m'aimes un peu, laisse-la tomber ! Je les connais, toutes des capistrelles en parfum de princesse mais en dessous, rien que la légèreté quand c'est pas l'odeur du ruisseau aux ordures dans la rue ! — Tu t'en fiches certainement, mais je vais quand même te dire… Elle était à Port-au-Prince dans une pension que m'a indiquée mon chauffeur, Amédée. Ah, celui-la ! Sans lui j'étais complètement perdu ! Et puis tu sais, c'est son ami d'enfance ! — Ah bon ? C'est qui cet Amédée ? J'en connais aucun de ce nom. — Tu ne peux pas le connaître, bien sûr, c'est un gars qui conduit un taxi. Bref, il m'a amené chez une vieille tante à lui qui tient une petite pension à Port-au-Prince et c'est là que je me suis installé. Enfin, c'est beaucoup dire, parce que j'ai passé tout mon séjour à me balader avec Amédée. Et le dernier jour, prêt à partir pour l'aéroport, qui je vois s'installer dans sa voiture ? Elle ! Tranquille comme si nous nous étions quittés la veille, pas du tout étonnée de me voir en Haïti. C'est tout de même extraordinaire, non ? — Si tu le dis, mon très cher. — Ensuite nous avons attendu ensemble le vol vers Paris. Deux heures à bavarder. Elle m'avait déjà parlé de toi, elle te connaît. Elle t'appelle Rialta. J'aime bien ce nom. Et bien, ma chère Rialta, me voilà de retour à la maison, huit jours en Haïti ont fait de moi un autre homme ! Je boirais bien même un petit rhum ! — Et Jeanne, et l'autre, la fille cannelle de l'exposition? — Je devrais appeler Jeanne pour lui dire que je suis rentré. Oui, mais je n'ai pas envie de la voir, avec elle c'est trop compliqué. — Tu ne crois plus donc aux nostalgies de l'amour ? — Je ne crois plus aux nostalgies de l'amour, je n'y ai d'ailleurs jamais cru vraiment. Je ne sais pas ce qui nous a pris d'essayer de recommencer. Et puis, j'ai rencontré Génie et à présent... — Ah ! C'est Génie qu'elle s'appelle !

Adrien ouvre sa valise et en extrait un disque qu'il brandit sous le nez de Rialta. Tu vas écouter ça ma jolie, c'est Ti-Coca ! Acheté hier à l'aéroport sur les conseils de Médée ! La musique emplit tout l'appartement et Adrien danse sur le parquet de la chambre. — Eugénie... Génie, Génie... Il sourit à Rialta : — Sais-tu que c'est un peu grâce à toi que je l'ai rencontrée ? Elle voulait acheter ton tableau mais je l'avais déjà. C'est elle qui m'a donné l'idée de partir quelques jours en Haïti. Pourquoi ? Je n'en sais rien, je l'ai décidé au dernier moment. Peut-être ai-je voulu la prendre au mot. En me parlant de toi, elle m'a donné cette envie d'aller voir. Et j'y suis allé et je l'ai rencontrée ! Comme si elle avait su que j'y étais parti ! — Tu te fais des idées, Adrien, c'est seulement le hasard. — Ce n'est pas le hasard, elle a compris qu'elle m'avait donné l'envie de partir et elle est partie elle aussi. — Tu ne sais pas encore de quoi nous sommes capables, mon cher ! — De quoi cette femme est capable ! Me laisser naviguer dans Haïti et apparaître le dernier jour pour nous rendre ensemble à l'aéroport ! Et une fois arrivés ici, la voilà qui disparaît, juste un sourire et un geste de la main pendant que j'attendais mes bagages ! »

*

* *

Génie est dans son lit, assise le dos bien appuyé contre les oreillers. Elle a besoin de réfléchir. Cette rencontre avec Adrien à Port-au-Prince, c'était quelque chose d'absolument inédit ! Un homme qu'elle voit deux fois dans la rue, qui lui parle du tableau de Rialta et le voilà brusquement chez man'Josie ! Il est même allé à la cérémonie du *loa* d'Erzulie. — Ce Médée, quand même, c'est un sacré voyou de l'avoir amené ! Et maintenant, qu'est-ce que je fais ? Pourquoi j'ai dit à maman que c'était lui que je voulais ? J'ai un mari et franchement, il n'est pas pire qu'un autre. Oui, mais je l'ai dit : Adrien, c'est lui que je veux et man' elle m'a dit après l'avoir regardé, Génie, c'est lui ton vrai mari — Elle l'a dit, et puis après ? — Je ne sais plus ce que je veux. Je veux cet Adrien qui écrit des histoires et qui a le tableau de la Rialta dans sa chambre et je veux ma vie tranquille — Tu te lances dans une drôle d'histoire, non ? — Et alors ? Ici je n'ai même pas le commencement de l'ombre d'un rêve. Haïti ? Mon mari, il s'en fout ! Man'Josie ? Une vieille négresse qu'a plus toute sa tête. Les cérémonies ? Des trucs de sorcellerie, à peine bons à faire frémir les touristes ! Lui, il n'est jamais allé tout d'un coup en Haïti, rien que pour écouter une inspiration ! Rien... Avec lui, c'est bonsoir chérie, je suis crevé, le bureau, qu'est-ce qu'on mange ce soir ? Rien ! Tu manges rien ! Et ton petit voyage en Haïti ? T'as vu la vieille Josie, je suppose ? C'est ça, suppose ! Oui j'ai vu ma maman. Tu es un peu énervée, tu dois être fatiguée, le décalage horaire... S'il savait quel est mon décalage ! C'est à peu près ce qui va se passer quand il rentrera. Elle n'a pas envie de parler de son mari. Il n'a pas grand-chose à faire dans son histoire. C'est un mari, c'est tout. C'est ça la vie ? C'est ça ma vie ? Erzulie, ma déesse, donne-moi un peu d'amour ! Rien qu'un peu, pour que j'existe ! Non, je me dois à la famille ? Quelle famille ? Ma famille d'ici ne me connaît pas. Ils s'en fichent ! Ah, man' si tu me voyais ! Dis-moi ce que je dois faire ! Aller avec lui ? C'est ça que tu me dis ? Mais je ne le connais presque pas ! Si, je le connais... Il est doux et fort et je crois qu'il vit sa vie en rêvant. Cet Adrien-là c'est le seul homme que je désire, maman ! Il doit aussi faire l'amour en rêvant, tout doucement avec parfois des étincellements de feu, des lentes coulées de laves rouges, des cendres brûlantes, il est celui que j'attendais. — Idiote ! Tu attendais qui ? Ce type au moins quinquagénaire qui tremblote dès que tu lui adresses la parole? — Oui, mais c'est lui que je veux ! Je ne suis pas plus avancée. On verra bien. Si je le rencontre encore une fois, je me ferai une opinion. — Et si tu ne le rencontres pas ? — Eh bien, c'est qu'il n'est pas mon vrai destin ! — Ma fille, tu es de plus en plus idiote ! — Tu crois ? Je vais aller au marché. Je veux acheter des crevettes, du piment et je ferai un poisson-crevettes au lait de coco. Je ne ferai rien du tout, ici tout est fade. Je veux Adrien. Mais si je le vois, c'est juré, je me mettrai dans la distance, bonjour, bonsoir cher Monsieur, si tu me veux, il te faut allumer des bougies blanches tout le long du chemin qui mène à ma case tout en haut du morne. — Et s'il allume les bougies ? — Alors, je descendrai en courant dans ma robe de jupons et je lui sourirai. — Oui, mais de quel sourire ? — Celui du cœur à prendre, ma chère, et... oh ! Je suis tellement idiote ! Eugénie se met à pleurer. Les sanglots sur l'oreiller, les draps doux, elle s'allonge, elle étire ses jambes, une main qui cherche sous le drap, elle veut des coulées lentes de lave rouge et des cendres brûlantes. Elle veut des incandescences d'amour. Elle veut ses doigts, ses mains et sa bouche, elle veut des étamines qui fulgurent ses fleurs rouges comme du sang, car elle sait que l'amour est douceur de brûlure, elle veut Adrien...

*

*   *

Rialta n'a plus bougé depuis qu'Adrien est revenu. Elle l'écoute, car c'est à elle qu'il parle. Il lui raconte des détails sur son séjour en Haïti. Mais il lui parle souvent aussi d'Eugénie. Au point de la faire enrager. Jalouse ?

Certainement. Rialta ne supporte pas la rivalité. Justiniano l'a appris à ses dépens. Le beau Brésilien planteur de cacaoyers regardait de trop près une belle fille de la fazenda qu'il disait être une petite-cousine. Cousine ? Avec ce décolleté et ces roulements de fesses ! Et Justiniano par-ci et Justiniano par-là, toujours à vouloir aller avec lui quand il partait surveiller les plantations. Mon problème, c'est que je n'ai jamais voulu monter sur un cheval. L'autre, ça ne lui faisait pas peur de grimper s'asseoir sur une de ces bêtes, surtout pour accompagner son prétendu cousin. Un midi, ils étaient partis depuis le matin, les voilà qui reviennent, elle installée à califourchon sur le devant de la selle du cheval de Justiniano et lui qui la tient bien serrée contre lui, une main perdue sous ses jupes. Je les ai vus avant qu'ils ne me voient. Je n'ai rien dit, même quand il l'a prise dans ses bras pour la poser au sol et qu'elle s'est frottée contre son torse et qu'il l'a embrassée. Il paraît que son cheval à elle, s'était blessé au pied et qu'un des ouvriers du patron l'avait gardé pour le soigner. Plus tard, je suis allée voir la cousine. Je ne sais pas si je me suis bien exprimée, parce que je n'avais pas eu le temps d'apprendre beaucoup de portugais, mais elle a sûrement compris. La paire de gifles que je lui ai claquée sur les deux joues devant Justiniano a remplacé les mots que je ne savais pas dire. Et le soir même, je suis allée aider au service de seu Aureliano, le propriétaire. Il dînait seul comme très souvent. Un homme âgé, mais encore solide, de beaux cheveux gris et des mains très soignées. À la fin du repas, il s'est essuyé les lèvres avec sa serviette, il l'a posée sur la belle nappe blanche et il m'a demandé de m'asseoir à sa table. Il m'a questionnée en espagnol.

« Alors, t'es celle que Justiniano a ramenée de Saint-Domingue ou de Haïti ? Tu te plais ici ?

— Oui, *seu* Aureliano.

— C'est la première fois que tu viens faire mon service, sans que je t'ai rien demandé ! Dis-moi, c'est Justiniano qui t'a envoyée ?

— Non, *seu*, c'est moi qui ai voulu.

Il m'a regardée de ses yeux gris en me détaillant puis il a hoché la tête.

— Il ne s'occupe pas bien de toi, Justiniano ? Tu n'es pas la première qu'il ramène ici depuis que je l'ai autorisé à voyager à ma place. Quatre six semaines et puis elles s'en vont. Il aime trop le changement.

Je n'ai rien répondu mais il m'a regardée encore et il a dit en me souriant et en servant deux verres de cachaça glacée :

— Pourtant, t'es une bien belle femme et je m'y connais. »

Cette nuit-là, j'ai couché dans le lit du patron et j'ai eu beaucoup de plaisir rien qu'à l'idée de la tête de Justiniano, désormais ornée de belles cornes que tout le monde verrait. Le lendemain, j'ai ramassé toutes mes affaires, l'argent que j'avais mis de côté, je me suis fait conduire à Salvador et quelques jours plus tard, j'ai trouvé à m'embarquer pour mon île ! Tu vois, Adrien, je n'aime pas avoir une rivale ! Ici, dans ta maison, tu n'as que moi. Plutôt dire que je n'ai que toi. Plus que toi. Génie... Elle voulait acheter mon tableau et elle t'a parlé de moi... Bien sûr que je la connais, c'est tifiy la à man'Josie. J'ai passé tellement de temps dans cette maison !

C'était bien après mon séjour chez le docteur Machado à Santo-Domingo. Il a fini par se marier. Cette femme-là, je n'ai jamais senti son parfum dans l'escalier avant le jour où elle entrée dans la maison comme épouse ! Il ne m'avait rien dit et je lui en ai voulu. Une épouse, c'est un attachement, des devoirs et des tas d'obligations qui accaparent beaucoup de temps. Quand il amenait ses maîtresses dans sa chambre, je n'étais pas jalouse, au contraire, je l'admirais. Ces femmes ne faisaient que passer un moment dans l'après-midi et le reste du temps, nous étions ensemble, surtout la nuit. Tandis qu'une fois marié... J'ai compris qu'il ne pouvait plus me garder. — Tu vois ma belle, me voilà à présent un homme respectable ! Nous allons nous séparer, je ne veux pas t'infliger le spectacle de mes nuits conjugales. Nous nous sommes quand même sacrément amusés dans cette chambre, hein ? Sa main effleure lentement mes seins et se pose sur mes hanches. — Dommage... Son bras se lève et il me décroche du mur. En quittant la pièce sous son bras, j'ai vu que mon cadre a laissé sur le pourtour une trace sombre sur la tapisserie, j'espère qu'elle y est encore.

Téodoro avait assez de cœur et d'honnêteté pour ne pas me revendre dans une boutique. Il a offert mon tableau à un de ses amis de Santo-Domingo, un professeur français, Monsieur André. — Comme ça, ma douce, quand je viendrai chez lui je te verrai ! On m'a installée à la meilleure place sur le mur du salon. M'sieu André est un homme jeune, sa femme s'appelle Aline et ils ont deux enfants, deux garçons. Madame Aline est assez jolie, bien qu'elle soit très blanche. Elle a les cheveux blonds et elle rit tout le temps. Elle chante aussi en jouant sur le piano. Dans ces moments, son mari s'installe dans un fauteuil et l'écoute en fumant et en buvant un verre de rhum. Elle n'est absolument pas gênée par ma présence. Quand je suis arrivée chez eux, elle m'a regardée en détail, puis elle a hoché la tête et a dit à son mari : « Téodoro t'a fait un beau cadeau, c'est vraiment une très belle toile ! » Je peux écouter leurs conversations, les regarder manger, lire, jouer avec leurs enfants. Mais quand ils vont se coucher, je reste dans le noir. Je ne sais rien de leurs amours, les vraies, celles qui se passent sous les draps, rien de leurs corps et de leurs sueurs, ni de leurs caresses et de leurs soupirs. Je ne sais même pas comment ils sont faits ! Souvent après dîner, André lit de la poésie à haute voix. Il parle en beau français de France. Je ne comprends pas tout, mais c'est très beau. Aline et les enfants l'écoutent, sagement assis sur le sofa. Lui, il est debout, il parle en marchant et tient le texte à bout de bras. Parfois il répète le même vers, puis il s'arrête de marcher, il les regarde et leur dit : « C'est fichtrement beau, n'est-ce pas ? » Ce qu'il ne voit pas, c'est que les garçons me lorgnent tandis qu'il déclame. Il n'y a pas que l'éducation littéraire quand même, et puis, ne suis-je pas une belle poésie ?

Un jour, le professeur a été muté. Très loin, en Italie. Il m'a mise dans une caisse et nous avons pris un bateau qui faisait escale au Vénézuéla avant de gagner l'Europe. Je commence en avoir l'habitude de ces voyages sur l'océan. Enfin, l'habitude, c'est vite dit. Je ne suis allée qu'en Angleterre chez l'ambassadeur ivrogne. La traversée de l'océan, j'peux pas dire que j'aime ça. Nous, la mer, c'est juste trois petits tours pour la pêche au vivanneau et à la crevette. La grande mer, c'est trop de mauvais souvenirs enfouis. Ce sont les grands bateaux sur cette mer qui nous ont déportés sur les îles à l'époque de la grande malédiction. Attachés à fond de cale, dans l'odeur du goudron et de la saumure et aussi des morts, balancés à droite et à gauche par le roulis tout comme moi dans ma caisse, et les vivants à trembler, à pisser, à suer et à vomir de peur… La grande mer, elle n'est pas notre maman, ça non. Une maman, elle sait nous dire d'où on vient, mais cette mer elle ne pourra jamais nous dire le nom exact de notre pays et de notre village, elle a du l'oublier avec le temps. Nous, il ne nous reste que les noms de nos dieux et les esprits des loas. C'est Ogùn, notre dieu yoruba de la guerre, de la force et du feu qui nous a conduits en masse d'hommes et de femmes à la révolte contre les maîtres et les généraux blancs et à l'indépendance. L'Italie… Pour moi, l'Italie, c'est le pays de Gianni. Je ne l'ai jamais oublié, mon ingénieur des mines. Alors si le bateau doit me conduire quelque part, c'est près de lui. Quand nous avons débarqué, les gens massés sur le quai criaient tous à la fois en agitant les mains. Je me suis crue chez nous, sauf leur couleur, bien sûr. Je ne vois rien, vu que je suis enfermée dans ma caisse. J'aurais tant aimé voir la foule sur le port, peut-être y aurais-je aperçu l'ingénieur. Mais on m'a chargée dans une charrette et j'ai du supporter deux heures de route dans la chaleur et la poussière. La maison du professeur est sur une belle place de la ville, en face du lycée où il va enseigner le français, c'est ce qu'il a dit à Aline. Enfin, on me sort de ma boîte, je peux respirer, mon Dieu que l'air est chaud et sec, mais il ne sent pas beaucoup la mer, il a une odeur d'herbes et d'arbres, je vais apprendre plus tard que c'est l'odeur de la terre, des lauriers, des cyprès, des vignes et des oliviers. Il y a du vent, un souffle très agréable qui porte cette odeur mélangée. André m'a installée dans une grande pièce, ouverte sur une terrasse où le matin, lui et sa femme prennent leur déjeuner. De là où je suis, je peux voir les pentes d'une colline toute plantée d'oliviers, et en haut des cyprès alignés comme des crayons au bord d'une route. Je vais sûrement être heureuse ici en Italie, même si je ne sais pas trop où est Gianni.

*

* *

Adrien marche depuis qu'il a quitté son appartement, vers onze heures. Il ne va nulle part, il marche, une rue après l'autre, une petite place, les terrasses des cafés, la grande place du palais de justice, des rues étroites où la foule paresse, il revient vers le front de mer, il y a autant de monde, il grimpe une rue sur la colline, ici c'est plus calme, juste un chat qui sommeille sur le rebord d'une fenêtre. Il redescend dans la vieille ville, il flaire les odeurs et les bruits, de la morue séchée dans une caisse de sel, le marchand d'épices, il y en a tellement que le mélange d'odeurs ne sent plus rien de précis, seulement une vaste auréole de curry, les agneaux dépecés pendus à la boucherie, mais cette rue juste à côté qui serpente, longée de boutiques d'art et de galeries de tableaux , il la reconnaît, c'est dans cette rue qu'il a vu la première fois Génie. Il la cherche. Elle, qu'il n'a plus revue depuis l'aéroport. Trois jours, autant dire quinze jours, huit mois, douze ans, deux siècles. C'est Génie qu'il veut.

Génie balade ses jambes sur le cours du marché. Devant elle, la façade ocre et persiennes vert amande, elle regarde le deuxième étage, les fenêtres sont ouvertes. Elle ne veut rien acheter, elle veut Adrien.

*

* *

Là-haut, au deuxième étage, Rialta s'étire sur le canapé rouge. Les souvenirs, c'est comme une confiture, on y trempe le doigt et puis on ne peut plus s'arrêter, jusqu'à finir le pot. L'Italie, c'est un beau pays. Beau, parce que depuis son mur dans le salon, elle peut voir toute une colline plantée d'oliviers. Elle sent quand les fenêtres sont ouvertes, l'odeur légère du vent tout parfumé de la chaleur de la terre. Les femmes et les hommes vont lentement, ils ont des gestes doux et des mots tendres quand ils parlent de la terre, mais parfois aussi des gestes et des paroles dures. Leur terre c'est une mère qui enfante des champs d'orge et des moissons d'olives, c'est une mer qui roule doucement ses vagues dans les collines sous le soleil qui mûrit les vignes. Leur terre, c'est leur maman et leur enfant. Ces femmes et ces hommes qui vont à pas lents, la nuque courbée, pas par la fatigue de l'effort, mais seulement parce qu'il ne faut jamais perdre sa terre des yeux. Des moutons par dizaines et un berger enveloppé dans un manteau bleu de nuit et un grand chapeau sombre rabattu sur le visage, appuyé immobile sur un long bâton, le chien blanc et noir couché à ses pieds. L'église d'un village, campanelles de bronze pour dire qu'il est l'heure. Celle de se lever, de siffler doucement le chien et de rentrer les bêtes avant la nuit et la lune. Et tout en bas très loin, la mer, ses derniers scintillements à peine ensanglantés par le couchant, des oranges et des rouges, des jaunes, des mauves, des bleus foncés jusqu'aux noirs de la nuit. Une féerie, une magie du monde que cette longue descente douce vers l'obscurité. Là-bas dans mon île chaude, la nuit tombe d'un seul coup, c'est une enveloppe de nuit qui surprend le jour, qu'annoncent seulement les oiseaux qui passent en bandes vers les nids et les grenouilles qui se mettent à siffler, et puis sans rien dire, sans même un soupir, le jour se couche épuisé et c'est la nuit. Ici, le jour ne se presse pas, il résiste, il chante pour plaire à la nuit qui veut l'étreindre. Il s'allonge si lentement que c'est encore sa lumière qui sert le dernier café fumant dans la porcelaine blanche des tasses à grosses fleurs roses sous la tonnelle, quand vient le moment où le petit cigare sec brasille son œil rouge au dessus de la nappe et qu'on ralentit la conversation, celle qui se fait pleine de souvenirs. On baisse la voix comme on baisse la lampe, car il y a une voix pour la nuit qui vient ; la nuit arrive, elle est vivante, un oiseau regagne son nid, quelques lourds hannetons dorés grésillent dans la flamme jaune du tube en verre de la suspension à pétrole, le jardin prend alors des contours inconnus, vaguement inquiétants, très certainement pleins de mystères et les enfants frissonnent la tête dans les mains, toute pleine de fatigue ; le cigare incendie la nuit et lâche une fumée chaude et forte. Puis le silence, dans les villages, les bœufs sont à l'étable, les moutons serrés dans leur bergerie et le chien s'endort, un œil toujours ouvert. La chatte ronronnante choisit des genoux tranquilles, ceux qui ont aussi une main qui va courir dans le poil de sa nuque. C'est l'heure de la nuit. André fume son cigare et lampe la dernière goutte de café au fond de sa tasse. — Cette nuit qui vient, ici dans le beau pays de Virgile et de Dante, *è una musica d'ell' anima* ! Une musique de l'âme. Aline sourit. Elle aime ce mari si savant et tellement enfant. La musique de l'âme, il y a longtemps qu'elle lui chante ses airs les plus doux. André est un enfant qui tire les dernières bouffées d'un cigare sous la tonnelle et sous la nuit. Il a le cœur pur, l'âme tendre et songeuse… Il aurait pu être Gianni ! Je pensais le voir sur le quai, puis sur la place de cette ville, j'ai longtemps attendu le coup de sonnette à la porte de la maison, mais il n'est jamais venu.

Cette villa italienne, nous y sommes restés deux ans, puis André a une nouvelle fois été muté et nous nous sommes séparés. Il devait rentrer en France par le train et dans le déménagement, on m'a tout simplement oubliée. Je suis restée sur le mur au dessus des meubles recouverts de draps blancs dans une pièce silencieuse. La maison a été relouée au successeur d'André mais dès qu'il m'a vue, il a poussé un cri et il m'a décrochée. Le lendemain j'étais chez un antiquaire de la ville.

*

*   *

Elle s'est dit qu'en venant tous les jours sous ses fenêtres, elle finira bien par le rencontrer. Elle a de la chance, il est là, il va vers une terrasse de café, il s'installe et déplie un journal.

« Bonjour !

— Oh, vous ! Enfin !

— On dirait que vous avez vu une apparition ! Vous êtes toujours comme ça quand une femme vous aborde ? Je peux m'asseoir ?

— Bien sûr ! Je suis sorti prendre un peu de soleil. Et vous ?

— Moi ? Je me balade.

Ils regardent les gens qui passent devant les tables de la terrasse. Silence. Génie fait un effort :

— Vous ne me parlez pas de Rialta ?

— Elle est toujours à sa place, dans son tableau. Mais puisque vous me le demandez, je vous avoue qu'il lui arrive de m'agacer depuis que je suis rentré de vacances. Je vais vous paraître ridicule, mais j'ai l'impression qu'elle me regarde avec un air bizarre.

— Quel air ?

— Je ne sais pas, c'est comme si elle suivait tous mes mouvements dès que je suis avec elle.

— Elle s'est attachée à vous. Je vous l'ai dit, vous portez le nom de son premier amour !

— Ce portrait, vous le connaissez bien mieux que moi. Si vous vouliez me dire…

— Rialta a vécu chez nous en Haïti, c'est ma maman Josie qui a récupéré le tableau. Il était dans sa chambre. Je l'y ai toujours vu. Pourtant, je crois que maman ne l'aimait pas particulièrement. Elle disait qu'il valait mieux qu'il soit là avec elle qu'à vagabonder Dieu sait où. Pour elle, ce portrait n'était pas une chose à mettre en n'importe quelles mains. Elle disait que Rialta était vivante mais qu'il fallait veiller à la laisser dans son tableau. C'est ce dont je me suis souvenu quand je suis entrée pour la première fois dans la galerie d'art haïtien. Je l'ai tout de suite reconnue. Comment avait-elle atterri ici, je n'en sais rien. J'ai voulu l'acheter, mais j'ai hésité à l'idée de rentrer chez moi avec Rialta sous le bras, mon mari n'aurait peut-être pas apprécié...

— Vous avez un mari ?

— Tiens, ça vous reprend ! Vous avez une figure ! Oui, j'ai un mari. C'est plutôt courant, non ?

— C'est que je ne vous ai jamais imaginée mariée...

— Parce que vous m'avez toujours rencontrée seule ? Mais cela ne veut pas dire que je le suis. Ah, et puis ne faites pas cette tête !

— C'est que vous ne m'en aviez jamais parlé...

— Si je ne vous en ai pas parlé, c'est qu'il n'y a pas grand-chose à dire ! Mon mari est plutôt commun, il travaille, il est à la maison tous les soirs à la même heure, il s'endort devant la télé, il mange trop le dimanche, surtout quand on déjeune chez sa mère, qu'est-ce que vous voulez que je vous dise de plus ?

— N'ajoutez rien, ça me suffit...

— Adrien ?

— Oui ?

— Ça vous fait de la peine que j'aie un mari ?

— Oui.

— Je suis contente que vous ça vous chagrine. Ne me regardez pas comme ça ! Je vous dis seulement que je suis contente. Et vous, vous êtes marié ?

— Non.

— Vous n'avez personne ?

— Non.

— C'est que vous devez avoir plein de défauts !

Ils rient.

— Des défauts, certainement beaucoup, mais pas au point...

— Pas au point de ne pas intéresser une femme.

Il la regarde surpris.

— Intéresser... Parfois... Mais pas beaucoup plus.

— Bon, j'arrête votre interrogatoire, dans cinq minutes ce serait une confession ! Dites, vous savez que j'ai acheté un de vos livres ?

— Lequel ?

— Les nostalgies de l'amour.

— Vous l'avez lu ?

— Non ; je l'ai seulement acheté, c'est le titre qui m'a plu. Vous allez me prendre pour une dinde ! Bien sûr que je vais le lire ! Vous êtes un nostalgique ?

— On peut dire ça...

— Nostalgique de l'amour ?

— On devrait avoir tous en soi cette nostalgie de l'amour, comme le souvenir ou le rêve d'un moment parfait. La nostalgie d'un amour qui ne serait pas une dévoration de l'un par l'autre.

— Je ne veux pas d'amour cannibale ! Vous vivez dans vos souvenirs et vos rêves ?

— Un peu... Mais vous savez, je vis aussi une vraie vie !

— Ouais, tout seul !

— Pas toujours...

— Dans vos moments de grande solitude vous avez toujours Rialta.

— Encore elle ! Je ne me vois pas amoureux d'une femme peinte dans un tableau !

— Mais elle, si !

Adrien rit.

— Laissons Rialta à ses amours ! D'ailleurs, je crois qu'elle est particulièrement nostalgique. Et vous, Génie, connaissez-vous la nostalgie de l'amour ?

— Je connais une nostalgie ancienne, celle d'un amour que je n'ai pas vécu, même si je peux m'imaginer l'avoir éprouvé. Et éprouver c'est vivre, non ? Parfois, je me sens autre ; je me balade dans les rues, sans but précis, et tout d'un coup je ne suis plus dans ces rues, je suis là-bas en Haïti chez ma maman Josie, ou dans une autre île ou un autre pays que je ne connais pas. Et pourtant, je respire les odeurs, j'entends les bruits, les voix, je me sens chez moi. C'est quand je suis comme cela que j'ai la nostalgie de l'amour. Je ne suis plus qu'une femme désirante, libre des ancres qui m'empêchent de quitter le quai, je suis Génie. Dans ces moments, je peux enfin, dire : je veux !

— Je dis souvent "je veux", mais cela se réalise si rarement !

— Pourtant, vous êtes parti en Haïti ! Vous l'aviez voulu, rien que parce que je vous ai parlé de Rialta !

— Non, pas pour Rialta ! Je suis parti pour vous rencontrer !

— Ça, Médée me l'a dit !

— Amédée ? Je ne lui ai rien dit, enfin, presque. Je lui ai seulement dit que j'étais venu à cause d'une femme que j'avais rencontrée et qui avait vécu en Haïti.

— Vous lui avez dit que cette femme s'appelait Génie !

— Oui, je l'ai dit.

— C'est donc que vous me cherchiez !

— Oui, je vous cherchais. Et vous ? Vous ne trouvez pas extraordinaire d'être allée là-bas en même temps que moi ?

— Extraordinaire, non. C'est au contraire tout à fait normal. Vous me cherchiez et j'ai pensé que c'est là-bas que vous deviez me trouver. C'est simple non ? Elle pose sa main sur son bras.

— C'est toi Adrien, ma nostalgie de l'amour. »

# 8

Rialta les regarde. Dans le lit, sous les draps de lin, Génie s'est endormie. Les boucles de ses cheveux font une toison de petit mouton sur le cou et la poitrine d'Adrien. Lui, il ne dort pas ; il ose à peine respirer, de peur de l'éveiller. Elle a passé un bras sur son torse et elle a collé sa hanche contre la sienne. Sur le haut de sa cuisse il sent son ventre tiède et la moiteur de son sexe. Il a les yeux ouverts. Ils ont fait l'amour pour la première fois. Amour des corps, dieu et déesse, nymphe et centaure, ô merveille des merveilles, ô bonheur des bonheurs, ô miracle des miracles ! Affirmation tragique contre l'absence, sacrifice d'un rite antique d'adoration mutuelle de la chair, leur désir a été la réfutation des destins contraires et l'affirmation de leur espérance. Ce corps, c'est celui-là qu'il voulait. Rialta l'a vu. Ce n'était ni Jeanne, la femme nostalgique et compliquée, ni cette autre à la belle peau de cannelle, jeune et fugace princesse d'amour. Elle sait que c'est Génie. Elle sait que c'est le corps de *ti fiy la* à man'Josie de Port-au-Prince. Adriano l'aimait comme ça. C'était une magie de pluie d'étoiles, une brise douce, un roulis de vagues lentes, l'incendie de la cabane sur la plage, des cris murmurés, des larmes de cendre, des sanglots de lave, c'était toute une émouvance d'amour.

Adriano ne devait pas faire l'amour ainsi avec Génie. Cet amour-là, c'était pour elle, il le lui avait juré. Un soir à peine sorti de la case à rhum, il l'avait prise sur la plage, dans l'obscurité de la première rangée des raisiniers et il lui avait dit : « Rialta, *chéri doudou an mwen*, jamais je n'ai connu un tel amour ! Tu es la seule femme que je puisse aimer ainsi ! » Mais il avait menti. Devant elle, sans se cacher, il a fait l'amour avec Génie. Il l'a fait comme s'il avait été avec elle derrière les raisiniers dans les dernières franges du sable.

« Adrien ? Je me suis endormie, dis quelle heure il est ? Il faut que je file !

— Que tu files ?

— Chez moi !

— J'avais oublié... ton mari...

— Où est ta salle de bains ? Et puis, non, je veux garder ton odeur sur moi. Je m'en fous !

— Moi aussi je vais te garder sur moi.

— Je l'ai dit à ma man'Josie, je te voulais, Adrien.

— Moi aussi je te voulais.

Elle lui sourit en enfilant son slip. Lui, il la regarde s'habiller.

— Tu me regardes m'habiller, c'est un regard d'homme au lit sur une femme nue. Je veux ton regard chaque jour.

— Et tu t'en vas ?

— Bien sûr. Tu crois que c'est facile ? J'ai un appartement, un mari et même une famille !

— Tu as tout ça ? Moi j'ai toi depuis aujourd'hui.

— Tu as à présent aussi ma nostalgie.

— Tu as raison. C'est beaucoup.

— Tu vois ? Je t'ai donné de quoi nourrir tes rêves.

— Les rêves ? Le mythe est le rien qui est tout, c'est ce que disait Pessoa.

— Tu aimes Pessoa toi aussi ? Cet homme qui n'est personne, l'intranquille gardeur de troupeaux... Dis, tu connais Lisbonne ?

— Pas assez, j'irai avec toi.

— Alors nous irons. Nous verrons ensemble la *rua dos Douradores*, celle qu'il descendait chaque jour pour attendre son éternelle fiancée.

— Tu es mon éternelle fiancée !

Génie rit.

— Depuis cet après-midi ! Embrasse-moi, je veux tes lèvres sur les miennes. Je te veux Adrien !

— Mais tu m'as !

— Non ! Je n'ai qu'un morceau de toi. Il ne me suffit pas. Tu es mon vrai mari, Adrien, c'est maman qui me l'a dit, tu sais, le soir de la cérémonie... Là où Médée t'a amené, man' est mambo, mère-de-saint, elle t'a regardé et elle m'a dit que tu étais mon vrai mari.

— Tu y étais ?

— Oui, et je t'ai vu, moi aussi. Man'Zulie est venue ce soir-là et c'est un bon signe, elle est notre *loa* de l'amour. Une sorte de sainte ou de déesse, si tu préfères. Maman t'a regardé plusieurs fois et elle a dit...

— Elle a dit que je suis ton vrai mari.

— Oui, c'est ça, Adrien. Mais ce qu'a dit maman ne suffit pas. J'ai déjà peur de te perdre. Chaque jour j'ai peur de te perdre, comme moi j'ai peur de me perdre dans un amour qui me dérange. Je ne veux d'amour que la vague qui se perd sur le sable. Non, ce n'est pas ce que je veux... Je veux aussi le remous et l'écume, je veux tes reins et mon ventre soumis, je veux...

— Tu veux ce que je veux, Génie.

— Tu es le seul homme que j'aime et qui m'appelle Génie. Mais ne crois pas que cela me soit facile. Je t'ai cherché, je t'ai trouvé mais je suis toujours Eugénie. Celle qui se doit...

— Tu ne te dois à rien qu'à toi-même !

— Si, je me dois aux miens. Aussi ridicule que cela te paraisse, c'est à eux que je me dois d'abord. Et tant pis si je n'arrive pas à faire une place pour toi ! Je suis folle, mais tout ce que je sais, c'est que je partirai avec toi...

— Nous serons ensemble sur ce quai.

— Sais-tu Adrien, combien de bateaux je n'ai pas pris ?

— Autant que moi, certainement. Mais celui-là, nous le reconnaîtrons et il sera le nôtre. Nous prendrons des billets d'aller sans retour.

— Pour où ?

— Pour une *fazenda* imaginée, plantée de cacaoyers, celle de seu Aureliano, pas très loin de Salvador de Bahia, ou si tu préfères, une maison ancienne à Santo-Domingo ou encore à Caracas.

— Je veux la mer.

— Tu l'auras, Génie. »

*

* *

Des promesses ! Qu'est-ce qui lui prend de parler de la plantation de seu Aureliano ? Qui lui a dit ? Moi, peut-être, mais non, je m'en souviens très bien, c'était quand il est parti chercher Génie en Haïti et que j'ai rêvé de Justiniano dans son lit. J'ai du laisser des morceaux de mon rêve sur son oreiller. Et cette nostalgie de l'amour, voilà que ça le reprend, et elle avec lui ! Est-ce qu'il sait vraiment ce qu'il veut ? Il lui a dit qu'il la voulait et qu'elle était son éternelle fiancée. Éternelle... Il ne sait pas ce que ça veut dire, moi je le sais. C'est moi qui suis éternelle, mon amour. Et Génie ne l'est pas. Elle dit que tu es son vrai mari, et l'autre ? Tu ne connais rien de sa vie. Tu ne connais que cette femme que tu appelles Génie et que tu veux aimer. Tu n'auras jamais qu'un petit bout d'elle, celui qu'elle te laisse comme cet après-midi dans ton lit. Moi, tu sais, je me donnerais toute si tu voulais de moi et nous serions si heureux mon chéri.

*

* *

Je veux me donner toute. Génie et Eugénie et tout le reste, et même ce que je ne sais pas de moi. — Facile à dire, ma chère, quant à le réaliser, tu sais bien que tu ne le feras pas. — Si, je le ferai. — Ah bon ? Et comment ? Tu vas tout quitter pour lui ? Tu as bien réfléchi ? — Non, je ne réfléchis pas, je ne veux pas réfléchir, c'est lui que je veux, un point c'est tout, c'est simple, non ? — Je crois que c'est plutôt très compliqué, tu aimes trop tes habitudes, ton appartement, tes amis, ta famille, tout ce qui fait ta vie depuis tant de temps. — Eh bien, il faut savoir changer ! Je ne vois pas ce que mes amis viennent faire là-dedans ! Quant à ma famille, je ne serai pas la première à changer de mari ! — À propos de mari, qu'est-ce que tu comptes faire ? Tu vas lui dire ? — T'es folle ! — Tu vois bien : tu t'achemines vers un agréable adultère sans conséquences, Adrien d'un côté et ta tranquillité de l'autre. — Non, ce n'est pas ça que je veux ! Tu sais bien que ce n'est pas ça ! Quand je pense à lui, quand il me parle, quand je le vois, c'est lui que je veux – tu le veux ? Alors prends-le ! — Mais c'est bien ce que je vais faire, ma chère, et personne ne m'en empêchera ! — Pas même Rialta ? — Je l'avais oubliée, tu sais, elle était là, dans la chambre et elle a tout vu…

*

*   *

L'avantage d'une liaison avec une femme mariée, c'est que son amant ne découche pas. Adrien passe toutes ses nuits avec moi, dans sa chambre. J'aime le regarder dormir. J'aime aussi quand il se déshabille, qu'il revient tout humide et tout nu de la douche. J'aime quand il lit avant de s'endormir. J'ai l'impression de veiller sur lui. Et je peux laisser aller mes souvenirs.

Chez cet antiquaire italien, je suis restée assez longtemps, à croire que les gens de ce pays n'aiment pas regarder une belle femme nue sur un canapé rouge. Enfin, si, ils aiment, vu le nombre de messieurs et de galopins qui me détaillent longuement dans la vitrine. Mais de là à emporter le tableau chez eux… Ah, si Gianni était là ! Lui, il me reconnaîtrait tout de suite et il m'emporterait chez lui ! Mais il doit habiter dans une autre ville. C'est une femme qui m'a achetée, c'est bien la première fois que ça m'arrive ! Elle a dit que je lui plaisais et elle a à peine discuté le prix. Chez elle, c'est un grand appartement, les murs du salon sont blancs et je fais très bien sur cette couleur. Cette femme, c'est Maria Amelia. Elle a environ trente-cinq ans, à peu près mon âge et elle est employée quelque part. Je ne sais pas trop ce qu'elle fait, elle part de bonne heure le matin mais quand elle ne travaille pas, elle sort peu et passe sa journée chez elle. Elle vit seule. Je dis ça, parce que je n'ai jamais vu de mari, d'homme installé comme chez lui. Ça ne l'empêche pas de recevoir… Elle fréquente des artistes et des écrivains. Des gens très bruyants, qui se disputent sans arrêt et qui fument et qui boivent beaucoup. Elle, elle rit en les écoutant. Ils parlent aussi de politique, mais Maria Amelia les fait taire. Elle n'aime pas qu'on parle de politique chez elle. Elle dit qu'elle s'en fiche et que si l'Italie veut redevenir l'empire romain il va falloir commencer par s'habiller et vivre comme les Romains. Elle a même dit que la toge blanche et les sandales c'est quand même plus élégant que la chemise noire et les bottes. Ce soir-là, certains de ses invités se sont mis en colère, justement, ils portaient une chemise noire et des bottes. Je n'ai rien compris. Je crois que dans ce pays d'Italie, la couleur des vêtements a une importance politique. Moi, je me ne m'en suis jamais souciée. J'aime le blanc et le vert, mais la couleur qui me va le mieux c'est le rouge. Le rouge fait ressortir toutes les nuances de ma peau, petite sapotille sur les épaules, douce cannelle sur mes seins et noir de feu vers le fond de mon ventre. Joachim le sait bien, lui qui ne m'a aimée et peinte que sur son canapé rouge. J'aime sa façon de s'essuyer très lentement les doigts avec un bout de chiffon et de l'essence, quand il a fini de travailler. Il s'essuie tout en regardant ce qu'il vient de peindre. Il a l'œil éteint, comme s'il ne me voyait pas réellement, la seule chose qu'il regarde, c'est le tableau. Il ne dit rien, pas même de me lever de ma pose. Au bout d'un moment, il amène deux verres et une bouteille. Il prépare le rhum en silence, le sucre écrasé lentement, la pincée de citron, puis il emplit les verres. — Tiens, ma douce, nous avons bien travaillé tous les deux ! On sirote le petit rhum sucré, lui il fume un petit cigare sec de Saint-Domingue. Il lui arrive de me parler tout en fumant. — Tu sais, Rialta, ma chère, ce portrait, je vais bientôt le finir… Personne sur cette terre n'aura jamais vu une telle splendeur, et toi, tu deviendras une éternité. Une telle étoile du ciel, et aucun homme qui te verra ne pourra s'en aller sans t'aimer.

Maria Amelia m'aime. J'en suis sûre. Parfois elle me contemple sans un mot, mais parfois quand elle est seule, elle passe un doigt sur ma cuisse ou sur mes seins. Elle soupire. Elle me trouble. Sa main est si douce. J'aime la voir en déshabillé, elle a des petits seins et un beau corps. Je sens son odeur et moi depuis mon cadre accroché au mur du salon, j'écoute sa respiration sur le divan. Elle s'y endort souvent et je découvre que c'est très agréable de dormir contre son corps. C'est chez elle que j'ai découvert que l'éternité de Joachim me laissait libre de mes désirs et Maria Amelia est la seule femme que j'ai aimée avec du désir.

*

*   *

Adrien chante. Rialta aime quand il chante, c'est si rare. L'air qu'il chante, elle le reconnaît, elle l'a déjà entendu. C'est un air que Gianni chantait la nuit sous la véranda quand il avait sifflé ses trois ou quatre petits rhums et qu'il se balançait dans son hamac. Adrien chante à pleine voix, c'est donc qu'il est heureux. Gianni, lui chantait doucement, il était mélancolique. Le voilà qui se met devant le tableau. — Tu sais, Rialta, Génie vient aujourd'hui ! — Ah, c'est pour elle que tu chantes ! — Non, pour moi, pour dire mon bonheur ; tu sais, je n'ai pas chanté depuis des années ! — Tu l'aimes ? — Oui, je l'aime, et même plus que ça ! Elle est la femme que j'ai toujours attendue. — Adrien, tu me fais tant souffrir ! — Dis, qu'est-ce que tu as, tu n'es pas comme d'habitude, tes couleurs sont plus ternes. Mais tu es toujours aussi belle, tu sais ? — Je veux que tu m'aimes, Adrien, que tu n'aimes que moi. — Mais je t'aime Rialta, tu

le sais bien. Depuis le jour où je t'ai vue à l'exposition d'art haïtien, sinon tu crois que je t'aurais emportée chez moi ?
— Je le sais, mais maintenant, tu aimes Génie plus que moi !
— Toi, je te regarde et je te garde avec moi, tu te souviens de Jeanne qui voulait te fourrer dans un placard ? C'est quand même moi qui ai décidé de te garder, non ? Et Jeanne est partie. Génie, c'est différent. Elle te connaît, elle t'aime aussi, tu sais ? — Elle peut m'aimer comme elle le dit, moi aussi je l'aimais là-bas chez sa maman, mais aujourd'hui, elle te veut pour elle toute seule. — Moi aussi je la veux.

Il ne sait pas que Jeanne est chez elle et qu'elle pleure. De colère et de chagrin. De colère contre elle-même, si crédule, et contre cet homme, si étrange. De chagrin parce qu'elle a cru qu'elle pourrait être aimée une nouvelle fois. La nostalgie de l'amour ça n'apporte que colère et chagrin. Il m'a préféré la femme du tableau ! Un nu vulgaire, mal peint, sans respect des proportions, par un gribouilleur exotique. Cette femme, elle a rapidement senti qu'elle avait une influence sur Adrien. Tu deviens complètement idiote, un portrait n'a aucune influence. Et bien, elle, si ! Elle m'a chassée de la chambre d'Adrien ! Ce que Jeanne ne sait pas, c'est qu'elle a chassé aussi Marisol, rien que pour offrir un peu de nostalgie à Adrien. Qu'elle soit à son tour partie, finalement ce ne n'est que justice : une femme prend toujours la place d'une autre.

Adrien chante le seul air italien qu'il soit capable de chanter à peu près bien en entier. L'air de *e lucevan le stelle* de Caravadossi dans la Tosca. Mais comme il est tout à fait conscient de ses faiblesses qui sont immenses, il remplace sa voix par un disque. *E lucevan le stelle*… Un très vieil enregistrement de Beniamino Gigli, sa voix délicieusement surannée. Les étoiles de la nuit emplissent l'appartement. Dans la vie d'Adrien, la musique a toujours eu une très grande importance. Elle accompagne ses gestes, du lever jusqu'au coucher, comme un ballet ininterrompu de Lulli pour le roi, elle le prend parfois jusqu'à le tordre, jusqu'à l'étreindre, et le rejeter inerte mais comblé. Sa maison est une maison de musique. Une maison de peintures aussi. Mais ce qu'il aime le plus, c'est la sculpture. Une statuette, il peut la toucher avec la main, la caresser, se l'imaginer frémir. Tout cela, Rialta ne le sait pas, elle ne vit que dans sa chambre, seul tableau accroché au mur. Dans le salon, c'est une débauche de formes pleines, du bronze noir et de la terre cuite ocre, et aussi des couleurs sur les murs, et au milieu, un beau piano de palissandre sombre. Génie aime ce piano. Quand elle s'assied sur le tabouret de velours violet, elle ramasse sa jupe sous ses fesses, d'un geste rapide de ses mains elle lisse ses tempes, elle est prête, elle joue — Tu aimes Schumann, mon chéri ? Moi j'aime beaucoup sa femme ! Et lui, il tourne lentement les pages d'une œuvre de Clara, attentif à la fin de la mesure sur la page. Elle joue. La fenêtre est ouverte, elle rappelle une main frêle et une musique qui va mourir vers un jardin...1828, Schubert se meurt, il n'a pas trente ans. Franz, mon grand frère, ne nous quitte pas maintenant ! Un scherzo, c'est Frédéric au piano et George penchée sur ses feuilles blanches lève son front blanc. Elle a de beaux bandeaux de ses cheveux noirs sur les tempes. — Mon ami, jouez encore, j'écris bien mieux quand vous jouez. Il joue et George Sand lui sourit, belle aurore d'un matin à Nohant. — Joue encore, mon amour, ta musique me bénit. Génie est un monde qu'Adrien contemple. Elle virevolte ses boucles et Adrien pose un baiser sur sa nuque. — Joue encore, amour... Dans le lit, elle est enfin nue, ses petits seins sous le drap et sa hanche tiède contre son ventre. Les persiennes fermées donnent une lumière douce. Génie est une couleur et une musique. Le drap écru du lit qui la reçoit souligne le brun discret de sa peau et le blanc de ses couleurs secrètes. Ses cheveux sont une théorie de fils et de boucles, sa bouche est une fleur toujours ouverte et ses mains sont des caresses.

« Je veux ton rire, Adrien, je n'aime pas ton air sombre.

— Je me sens fatigué. Pourtant, je me sentais si bien tout à l'heure.

— Tu veux que je te dise ? J'aime beaucoup faire l'amour avec toi, mais... Il y a des instants où même dans ces moments tu deviens absent. Dis, tu m'écoutes ? Qu'est-ce que tu regardes ?

D'un geste du menton, Adrien lui montre le tableau de Rialta.

— Tu vois, elle n'est pas comme d'habitude. Ses couleurs se ternissent, je l'ai déjà remarqué.

— Il y a longtemps ?

— Non, quelques jours… »

Génie ne dit rien. Elle observe Rialta.

# 9

— Je deviens folle ! C'est bien la première fois que ça m'arrive. Avec Justiniano, je me suis vengée, j'étais en colère qu'il me préfère cette fille, mais je n'étais pas vraiment malheureuse. Adrien me rend folle. Je ne pense qu'à lui. Je ne supporte plus de les voir tous les deux se caresser devant moi. Depuis que Génie vient passer ses après-midi avec lui, je me sens malade et triste. Elle lui dit des jolis mots d'amour, elle le caresse et elle l'embrasse. Et moi ?

J'étais plus heureuse avec Maria Amelia. Je n'assistais pas à ce qui se passait dans son lit quand elle gardait quelqu'un avec elle, le plus souvent une amie. Elle ne m'en parlait jamais et je n'étais pas jalouse. Avec Téodoro, je m'amusais et il me faisait rire. Mais là !

Maria Amelia s'est mise depuis trois jours à emballer ses affaires. Ça, je connais ! C'est le signal du départ. — Ne t'inquiète pas, tu pars avec moi. Tu t'ennuierais toute seule ici ! Où va-t-on ? Près de chez toi, ma jolie, tu vas retrouver les palmiers et le soleil. Tu sais que je ne peux pas me passer de toi ? Elle se met à rire. J'aime son rire, il est clair et franc. En fait de soleil, nous avons débarqué sous une trombe d'eau. La mer est boueuse et grisâtre sous la pluie. — Tu te demandes ce que je suis venue faire ici ? Changer d'air, tout simplement. Ici, c'est très loin de l'Italie et de ses maudites chemises noires. Une femme comme moi, avec mes goûts, n'y a plus sa place. Alors, un coin d'Amérique du sud, pourquoi pas ? Tu verras, tu t'y feras ! Je ne m'y fais pas du tout. Des palmiers il y en a et du soleil aussi, entre deux averses. Mais l'air toujours chaud et humide m'abîme, j'ai l'impression que je moisis. J'étouffe. De là où je suis, je ne vois que des toits de tôle rouillée et au-dessus un bout de ciel. Je regarde passer les nuages. Il me semble que Maria Amelia dépérit elle aussi. Elle a de grands cernes sous les yeux, elle doit souffrir de la chaleur. Cayenne, ce n'est pas une ville pour nous. Je sais qu'elle n'y est pas venue par hasard, c'est une de ses amies, Monique, une Française qui l'a attirée ici, l'épouse d'un fonctionnaire qu'elle a rencontrée en Italie et dont elle est amoureuse. Elles se voient presque chaque après-midi. Je ne suis pas jalouse, mais Maria Amelia n'est plus comme avant. Elle ne reçoit jamais personne et elle est parfois très triste. Je vois souvent à ses yeux qu'elle a pleuré. — Tu n'es pas heureuse ici comme tu l'avais cru, et moi, je m'ennuie et ça me désole de te voir comme ça. Je veux partir d'ici.

Je suis restée une année au moins et puis je suis partie. Une vraie catastrophe ! Maria Amelia est tombée malade. Monique l'a emmenée à l'hôpital. Quand elle est revenue, elle était très faible. Monique s'est occupée de tout. Elle rentrait en Europe et elle a pris Maria Amelia avec elle. Moi, elle m'a laissée, elle ne devait pas m'aimer beaucoup, peut-être était-elle jalouse. Comme d'habitude, j'ai atterri chez un marchand, une sorte de brocanteur poussiéreux qui accumule tout ce que les gens ne veulent pas emporter quand ils rentrent chez eux. Heureusement qu'on m'a rapidement sortie de ce bric-à-brac ! Pour aller où ? Chez man'Josie, bien sûr ! C'est son père qui m'a reconnue. Lui, il avait été un petit peu amoureux de moi dans le temps. Oh, presque rien, des sourires, des mots sucrés, je peux vous accompagner un petit bout de chemin, mam'zelle Rialta, mais rien de plus. Sa femme le surveillait et dès qu'elle nous a rencontrés une fois ou deux, elle lui en a fait voir ! Moi, je n'aime pas trop ces histoires-là, ce n'est bon qu'à attirer des ennuis. Pourtant il me plaisait bien le papa à Josie... Quand il est entré chez le marchand, il cherchait de quoi rapporter au pays à la fin de son contrat. Il avait été engagé comme beaucoup de Haïtiens sur un chantier de déboisement en Guyane. — Ah ça alors ! Rialta ! Il s'est mis à rire en me regardant. — T'as pas changé, tu sais, t'es toujours aussi belle ! Et puis je t'avais jamais vue dans cette tenue ! Bon Dieu de bon Dieu, ce que j'ai manqué ! T'inquiète pas pour ma femme, elle est enterrée la pauvre, et là où elle est à présent, ça lui fera rien que je te ramène chez moi ! C'est dire que man'Josie et

Génie je les connais. Mais Génie, elle me prend Adrien et ça me rend folle !

*

* *

Génie est assise dans son lit, dans sa position favorite, les genoux remontés sous le menton. Cet après-midi, elle a senti qu'Adrien n'était plus avec elle. Quelque chose le tracasse. Il porte une sorte de mélancolie qu'elle ne lui connaissait pas. — Je dois me faire des idées, il est peut-être tout simplement en train de penser à son prochain livre ! — Il a tout le temps d'y penser quand tu n'es pas là, il pourrait au moins ne penser qu'à toi quand tu viens chez lui ! — Je ne suis pas aussi égoïste ! Il a besoin de son espace personnel. — Tu ne trouves pas qu'il donne parfois l'impression de s'ennuyer? — Avec moi? — Avec qui d'autre? Tu le connais à peine. Un mois que vous êtes revenus de Port au Prince et que tu lui as dit c'est toi Adrien, ma nostalgie de l'amour, et hop ! Tu l'aimes comme une passion ! — Mais lui aussi il m'aime, je le sais. — N'empêche que tu t'angoisses déjà ! — Tu ne comprends pas ? C'est lui que je veux et j'ai tellement peur de le perdre ! — Ma fille, l'amour l'après-midi un jour sur deux ou quatre, ça donne rarement quelque chose de durable. — J'y ai pensé et après-demain, c'est vendredi, je suis libre pour tout le week-end et je resterai chez lui.

*

* *

Adrien est tout à elle. Pour trois jours et deux nuits entières. Adrien joue sur le piano et Génie l'écoute. Ils se regardent, ils se lancent un sourire. Tout à l'heure ils ont préparé ensemble leur repas, crevettes cannelle, le riz a fini de cuire dans le lait de coco, Adrien a les mêmes goûts que

Génie. Le dernier accord un peu maladroit d'un nocturne de Fauré. Génie se lève du divan.

« J'ai faim, pas toi ?

— Oui, mais d'abord, que dirais-tu d'un petit rhum ? J'ai rapporté du Barbancourt de Haïti.

— Tu as du citron vert ?

— Bien sûr !

— Alors, va pour le petit rhum ! Je vais les préparer, à la façon de Médée, un éclat de sucre de canne écrasé dans une petite pluie de citron puis le rhum par-dessus. À boire tel quel sans glace !

— Médée... il m'arrive de penser à lui. C'est un chic garçon !

— Il est de ma famille, celle que j'ai eue là-bas.

— Tu l'as toujours.

— Tu m'y amèneras ? Maman sera contente de te revoir.

Adrien l'embrasse.

— Oui, nous verrons man'Josie et Amédée.

— Ce n'est pas une nostalgie, c'est une part de moi qui me manque souvent.

— Toi tu n'as qu'une part de toi qui te manque, moi, je ne sais plus où elles sont tellement il y en a !

— Là-bas, c'est une part de moi qui me manque toujours, chaque jour j'y pense, mais il y en avait une autre que j'ai retrouvée avec toi.

— La nostalgie de l'amour ?

— Exactement. Je riais, j'aimais, je m'arrêtais souvent mais en réalité je marchais. J'allais vers un quai, celui où je savais que je te trouverai. Je ne savais ni ton nom ni ton visage, mais je savais déjà ta voix et tes mots. Je savais que tu m'écrivais. Toi seul connais Génie, tous les autres regardent seulement Eugénie. Certains l'aiment, d'autres non, ils vivent ses habitudes mais ils ne vivent pas ce qui lui manquait tant. C'est pour cela que je te cherchais.

— Je t'attendais.

— Depuis longtemps ?

— Très longtemps. Depuis que j'ai commencé à t'écrire. Je t'ai souvent écrite, mais moi non plus je ne savais ni ton nom ni ton visage. Je t'ai écrite dernière illusion d'un homme dans son ennui, je t'ai écrite un soir conjugaison d'un système solaire dans un archipel de neige et de glace, je t'ai écrite jeune femme tuée à peine révélée à l'amour, je t'ai écrite un jour comme un ange du désir, je t'ai écrite aussi impossible à aimer malgré des voyages en Italie... Et puis, il y a eu ce tableau, celui de Rialta. C'est grâce à elle que nous nous sommes enfin trouvés.

— Pourquoi as-tu acheté son portrait ?

— Je ne sais pas. Je l'ai vu en visitant cette exposition et quelque chose m'a dit qu'il était pour moi. Je n'avais jamais acheté de portrait de nu.

— C'est peut-être elle qui t'a choisi ! Maman me l'a dit.

— Il y a tant de choses que je ne sais pas !

— Moi, j'en sais... Dis, tu aimes le rhum à la Médée ? T'en veux un autre ?

— Oui, mais c'est toi que je préfère...

— Serre-moi contre toi. C'est ta chaleur que je veux. »

*

*   *

Huit heures... Le soleil joue avec les persiennes. Adrien dort encore. Elle se dégage doucement de son bras et se lève. — Mes sandales, où j'ai mis mes sandales ? Elles sont contre la plinthe, juste sous le portrait de Rialta. — Qu'est-ce que c'est que ces traces ? Elles sont toutes tachées ! Du sang ? Mon Dieu ! C'est Rialta ! Sur le tableau, il y a deux traînées rougeâtres, deux coulures qui ont goutté pendant la nuit. Elles ont fait un sillon plus clair dans l'ocre de son visage, traversé le carmin du canapé, et débordé du cadre pour tomber sur les sandales de Génie. — Il ne faut pas qu'il le voie !

Elle court à la cuisine, attrape une éponge et très délicatement elle essuie les larmes de Rialta. — Mais je t'aime, moi aussi !

« Tu es déjà levée ? Qu'est-ce que tu fais ?

— Rialta était sale de poussière et ça m'a fait de la peine.

— Ah bon ? Huit heures passées ! Il est encore tôt, c'est samedi, viens près de moi mon amour.

— Je vais faire passer du café. Tu veux des tartines grillées ? J'en ai pour dix minutes et je te rejoins. Elle emporte ses sandales et va les laver dans l'évier. — Elle a pleuré ! Man', dis-moi ce que je dois faire !

— Qu'il est bon ton café ! Hum ! Un tel petit déjeuner, cela fait des siècles...

— Tu es content ?

— Content ? Non. Je suis heureux et c'est bien autre chose !

— Tu en es sûr ?

— Dis, qu'est-ce qui se passe ce matin ? Tu as l'air toute effrayée !

— Moi ? C'est que c'est la première nuit que nous avons passée ensemble et le premier matin...

— Nous ne sommes pas accoutumés à l'amour. Nous avons toi et moi toujours si peur...

— Avec toi, Adrien, je n'ai pas peur.

— Tu n'aurais pas peur de prendre ta douche avec moi ?

— À la condition que tu ne me mettes pas de la mousse dans les yeux ! »

*

* *

Elle dit qu'elle m'aime, mais si elle m'aimait, elle ne ferait pas l'amour avec lui, devant moi ! J'ai pleuré, c'est vrai. Toute la nuit, j'ai pleuré. J'ai beau l'appeler, il ne m'entend pas, il n'entend qu'elle. Elle lui donne du plaisir, mais si c'était moi, il saurait alors ce que c'est que l'amour et il n'y aurait plus de place pour elle. Cet homme n'a jamais été aimé comme on doit l'aimer. Et Génie a beaucoup à apprendre, elle n'a pas encore assez aimé. Et Adrien non plus, il ne connaît pas tout de l'amour. C'est comme Gianni, lui aussi il avait beaucoup de choses à découvrir et je peux dire qu'il les a presque toutes découvertes. Dans la profondeur de notre hamac, il apprend la patience, la douceur lente des minutes, il apprend la brûlure qui vient soudain incendier la plaie et puis l'eau fraîche et douce, coulée apaisante sur le feu. Il apprend les caresses, la peau humide que l'on peut boire avant que le vent qui se lève de la mer sous la véranda ne la sèche, il apprend le goût du lait et du miel. Du fond du hamac il soupire, il murmure des mots que je ne connais pas mais que je comprends, il se dresse et il m'aime comme il n'a jamais cru qu'il pouvait aimer. C'est ainsi que Adrien doit être aimé et apprendre à aimer.

Chez le papa de Josie, je suis installée dans la grande pièce de sa maison, juste un clou qu'il a planté en riant sur le mur mal plâtré, mais je m'y sens bien. Josie est une belle fille à présent. Souvent elle me parle, elle me raconte des tas de choses, c'est qu'elle est si seule depuis que sa pauvre maman est morte. Hier soir son papa l'a amenée à la grande cérémonie, c'est la première fois qu'elle y va. — Tu sais, Rialta, la vieille man'Zézé, elle m'a dit que je serai mambo, mère-de-saint ! — Mère-de-saint, bon Dieu, Josie, tu te rends pas compte ! C'est que c'est un sacré travail ! — Elle l'a dit, moi je lui ai rien demandé ! — Si elle l'a dit... Alors ma fille, tu seras une mère-de-saint ! J'espère que c'est man' Erzulie qui te choisira ! Tu auras l'amour, et tu sais, l'amour c'est ce qui est au-dessus de tout dans ce monde ! Je peux t'en dire autant que tu veux sur ce sujet. Si tu veux, je peux te dire la triste vie d'un homme riche qui n'avait pas d'amour. C'est celle de Polyte Toussaint. Ah ça, un homme bien fait et un beau propriétaire ! Des Gonaïves jusqu'au Cap, il avait les plus belles plantées de canne et son sucre était un vrai miel, mon amie ! Une douceur qui se vendait sacrément bien sur les marchés et lui, les pouces dans son gilet, il comptait ses sous, ça rentrait dans ses magasins comme la pluie fine dans le toit des pauvres cases, bref, en quelques années le voilà un des producteurs les plus riches de l'île. Pantalon et veste de lin, gilet blanc, souliers vernis et chapeau de France, un beau monsieur, quoi ! Une belle maison, en pleine rue Bellevue. Tu sais comment je l'ai rencontré ? L'averse nous a disputé un bout de trottoir, sous l'auvent d'un magasin, c'était le sien, mais je ne le savais pas. Mam'zelle, venez vous abriter, s'il vous plaît ! Je l'ai aimé et je crois bien qu'il m'a aimée aussi. Cet homme-là était impossible, il était triste, je n'ai jamais su pour quelle raison, j'ai d'abord pensé qu'il avait un secret. La nuit, il était debout, à marcher de long en large dans la chambre ou bien à aller fumer dehors sous la véranda. Pas un mot, pas une parole pour que je comprenne, mais ce qui est sûr, c'est qu'il avait de la peine. Peut-être il avait fait quelque chose de mal et c'est cela qui revenait le tourmenter la nuit ? Tu sais, parfois les hommes ont sur le cœur de très mauvais souvenirs, ce sont des choses qu'ils ont faites, et quand ça les prend d'y penser, ils deviennent bizarres. C'est d'abord ce que j'ai cru, mais non, il n'avait rien fait de mal, j'aurais fini par le savoir. Je crois qu'il était tout simplement comme ça. J'ai essayé de l'aimer, sincèrement, mais il y avait quelque chose au fond de lui qui veillait à éloigner l'amour. Pas à l'éloigner pour le perdre tout à fait, mais à le tenir à distance, comme s'il s'en méfiait. Polyte était pourtant un homme attentionné, très gentil avec moi, doux, jamais brutal. Il connaissait les désirs des femmes avant même qu'ils ne lui soient dits. Il m'aimait, j'en suis presque sûre, mais il ne pouvait pas le dire. Il ne pouvait pas, c'est tout. Je l'ai quitté, j'aime trop les mots d'amour. Lui, il est resté seul, à surveiller ses champs de cannes, ses moulins à sucre et son magasin. Je l'ai souvent revu, l'air plus fermé que jamais. Mais quand je le croisais, il avait quand même toujours un sourire. — Ah, Rialta, ma très chère, que deviens-tu, dis-moi ? S'il m'avait dit : « Reviens, c'est toi que je veux, je t'aime ma douce », ni une ni deux, je serais entrée dans sa maison ! Mais il ne disait rien d'autre. Il me regardait, les pouces dans son gilet, et je sentais que ses yeux me fouillaient. Ah, ses yeux ! Ma chère Josie, tu n'en verras jamais de pareils ! Verts, un peu gris, des lueurs jaunes, toute une panoplie de couleurs qui changent avec le ciel ou avec son cœur, qui le sait, des couleurs si bien assorties au café de sa peau, que plusieurs fois j'ai bien pensé me jeter à son cou, mais je ne l'ai pas fait, c'était à lui de me dire le premier mot. Tu ris ? Tu fais bien. J'ai été cruelle, maintenant je le sais, ma chérie. Il y a des hommes qui ne savent pas les mots d'amour, alors on croit qu'ils n'aiment pas, mais ce sont eux parfois qui ont le plus d'amour à donner. Je t'ai dit que Polyte avait eu une triste vie sans amour, au fond, je n'en sais rien, peut-être que l'amour qu'il a eu pour moi et celui que je lui ai donné, lui ont suffi. Tu me fais parler et tu ris, tu as raison, les choses d'amour ne devraient être que joie et rires. Le malheur, c'est que Polyte Toussaint est mort, un soir de grand soleil rouge sur les mornes, un soleil si beau qu'il peignait de ses couleurs toute la montagne au-dessus de la ville avant de se coucher dans la mer. Un soleil de bel artiste, un soleil de doux chanteur, le soleil même d'Adriano... C'est juste à ce moment qu'il s'est affaissé devant l'entrée de son magasin. Même pas une mort de grande bringue, une de ces morts de carnaval, de danse, de filles et de rhum à tout casser ! Pourtant, le soir où il est mort, c'était justement le premier jour du carnaval. Les bandes passaient en hurlant, tout l'air reniflait le rhum et le cigare, la musique était folle, et moi-même, ma chère, je dansais déjà ! Notre cortège est passé comme les autres dans la rue Bellevue et c'est là que je l'ai vu, allongé sur le trottoir, devant son magasin. Les autres, ils dansaient tout autour de lui, grimaces et tambours, viens danser M'sieu, viens danser, ou alors t'as déjà trop bu de rhum, mais moi, j'ai compris tout de suite qu'il était bien mort. Pense donc, Polyte Toussaint couché ivre sur le devant de sa boutique, c'est une chose qui n'est pas possible ! — Il est peut-être bien mort de trop t'aimer ? — Ne dis pas ça ! Je donne la vie à ceux qui m'aiment, pas la mort ! Peut-être que tout simplement, Polyte a été fatigué de sa vie... — Oui, peut-être c'est comme tu dis Rialta, mais je préfère imaginer que c'est une mort de grande passion ! — Toi, tu parles de passion ? Écoute, je ne connais qu'une seule passion au monde, une vraie, une grande, c'est celle d'Adriano ! Tu veux que je te raconte ? — Tu me l'as déjà raconté ! Les raisiniers en haut de la plage, sa cabane à l'odeur de crevettes ! — Ouais, ma fille, je crois bien que tu te moques là ! Mais ça ne fait rien, t'as encore l'âge de te moquer !

*

*   *

Génie refait passer du café. Elle se dit qu'elle pourrait vivre avec Adrien, mais elle ne sait pas très bien où lui, il voudrait vivre. — Mais je suis sûre que c'est forcément quelque part entre l'Amérique du sud, les Caraïbes et l'Afrique. Avec cette découverte, me voilà bien avancée ! Elle a enfilé une sorte de pyjama vietnamien en soie noire avec dragons incrustés dans le dos que lui a passé Adrien. — Il me fait penser parfois à un oiseau, posé sur une patte, immobile, et soudain prend son envol à grands coups d'ailes vers une terre plus chaude. Je vais apprendre à le suivre, à déployer mes ailes comme lui, à chercher la chaleur sur mes plumes, à naviguer sous les vents et à me poser très doucement dans un pré au flanc d'une montagne ou bien sur un arbre si haut que toute la forêt en bas n'est qu'un immense tapis vert ; il faut aussi savoir remonter un alizé, le suivre et se jeter avec lui au-dessus de la mer, miroir impeccable de bleus d'azur et de verts d'émeraudes. Je serai avec cet homme-là, celui qui s'est rendormi pendant que je prépare du café. — Et Rialta ? Tu sais bien qu'elle ne le supportera pas ! — Je le sais, et c'est ce qui m'inquiète ; tu crois que je devrais en parler à Adrien ? — Non, il ne comprendrait pas, du moins pas encore… — Qu'est-ce que je dois faire ? Tu as vu qu'elle a pleuré ? — Oui, je l'ai vu et il finira bien par le voir lui aussi. Il ne va pas accepter comme ça que le portrait se transforme en rigoles de peinture ! — Alors, je lui dis ? — Non, c'est trop tôt. Essaie de parler avec elle, qu'elle te dise ce qu'elle veut vraiment. — Tu crois ? — Si je te le dis ! Tu la connais, elle a besoin qu'on lui parle ! N'oublie pas ce que t'a dit man'Josie, elle ne doit jamais sortir du tableau ! — Je le sais.

*

*  *

Elle passe le bout de ses doigts sur les lèvres de l'homme qui dort. Elle aime le regarder respirer.

« Mon amour, le café est prêt... Tu veux dormir encore ?

Les yeux fermés, Adrien répond :

— C'est seulement toi que je veux encore... Viens !

— Tout à l'heure, mon chéri. Ça te dirait qu'on aille au marché tous les deux ?

— Oui.

— Alors, lève-toi !

— Je veux manger la mer... Des crevettes coco et cannelle, du poisson mariné échalotes et citron vert, avec des patates douces, des ignames, des bananes cuites... Dis, tu aimes tout ça toi aussi ? — Je n'aime que ça...

Génie a passé son bras sous celui d'Adrien, elle porte un panier à la main.

— Tu sais que c'est un matin de marché comme celui-ci, que j'ai découvert que c'est toi que je voulais ? J'ai eu envie d'être là-bas en Haïti et de te trouver, je savais que tu m'écrivais.

Adrien la serre un peu contre lui.

— Je t'écrivais, mais je t'imaginais. Tu sais qu'on peut connaître quelqu'un en l'imaginant ? C'est pour cela que je suis entré en même temps que toi dans la galerie de peintures haïtiennes, je t'avais imaginée et je t'ai vue.

— Tu me racontes une histoire, tu suivais une femme dans la rue !

— C'est vrai, mais cela ne m'était jamais arrivé. Je ne suis pas les femmes dans les rues, je n'en ai jamais été à ce point-là ! Et puis, je ne t'ai pas suivie, j'ai seulement marché dans la même direction que toi, ce n'est pas la même chose ! Je ne voulais pas te perdre et là où tu allais c'est là que je devais aller moi aussi.

— Alors, si c'est comme tu le dis, c'est bien. Les destins se croisent, se séparent, chacun son trottoir, mais parfois ils nous réunissent et quand ça arrive, c'est une révolution. Toi, tu es tranquillement installé dans ta vie d'homme célibataire, tu as tes habitudes et surtout ta liberté. Moi, j'ai une autre vie que celle avec toi en ce moment. Es-tu capable de l'imaginer et d'imaginer aussi que tu es ma révolution ? Rien n'est facile pour moi et pourtant je crois que c'est moi qui ai fait les premiers pas. Ce que je veux te dire, c'est que tu dois être très attentif, je ne suis pas une aventure, je suis une histoire, écrite il y a peut-être longtemps mais qui n'a pas été finie d'être écrite. Ce sont tes mots qui vont la poursuivre. On prend quelque chose en terrasse ? J'ai envie de me poser un peu ! »

*

*     *

Le jour est un lait qui goutte doucement par les fentes des persiennes. Pas un bruit, pas encore le bruit de la ville, seulement les cris des grandes mouettes qui se rassemblent sur les toits avant d'aller planer sur la mer. Leurs cris très rauques, comme un miaulement de chatte. Adrien regarde Génie dormir. Il se lève. Il enfile un tee-shirt. Devant lui, Rialta. Il y a maintenant assez de jour pour qu'il puisse voir en s'approchant de très près. — C'est bien ce que j'ai vu hier soir, elle se craquelle. Par endroits, surtout en haut à droite, la toile se faïence, ce sont de tout petits traits géométriques qui zèbrent la peinture en carrés, elle fait penser à une terre desséchée. Il s'assied sur le bord du lit face à Rialta. — Et bien, ma toute belle, qu'est-ce qui t'arrive ? Dis-moi ? — Tu le sais bien ce qui m'arrive, c'est depuis que tu as amené Génie ici, devant moi. Je ne le supporte pas. Alors, je me laisse m'effacer, tout simplement. — Tu es folle ! Génie est ma femme et toi... — Moi je ne suis qu'un portrait, hein, c'est ce que tu allais dire ? Tu as raison, je ne suis qu'un dessin et des couleurs, l'œuvre de Joachim. Pour toi, je ne suis donc rien d'autre ? — Bien sûr que si ! Tu es Rialta, je me suis intéressé à toi, je connais quelques épisodes de ta vie, je t'ai placée dans ma chambre, je te regarde souvent, je te parle. — Et moi je te réponds. Nous n'étions pas heureux tous les deux ? Pourquoi Génie ? — Mais c'est elle qui m'a le mieux parlé de toi ! — C'est bien ce que je dis, je préfère m'effacer. — Mais où vas-tu aller ? — Je ne sais pas, je ne connais pas ce qu'il y a de l'autre côté du tableau, du côté qui ne se voit pas. — Ne fais pas ça, Rialta ! — Alors tu m'aimes, dis Adrien, tu m'aimes ? — Je deviens fou...

*

*   *

« C'est toi qui a l'air triste, ce matin...

— Oui, regarde Rialta, depuis notre dernier week-end sa toile s'est craquelée et j'ai l'impression que ça gagne de plus en plus. C'est comme si elle allait s'effacer...

— Et c'est ce qui te rend triste ?

— Oui.

— Tu veux la garder près de toi ?

— Oui. C'est idiot, hein ?

— Non, c'est au contraire très beau. Mais je crois qu'elle est beaucoup plus triste que toi !

— Mais pourquoi ?

— Devine… Mais je sais que tu connais la réponse, tout comme moi.

— C'est depuis que nous nous voyons…

— Exact. Et certainement davantage à chaque fois que nous arrivons à passer un week-end ensemble.

— Mais comment c'est possible ?

— C'est possible, c'est tout, ne cherche pas à l'expliquer, tu n'y arriverais pas et moi non plus d'ailleurs. Tu dois admettre que c'est possible et même que c'est une réalité.

— J'admets… Mais qu'est-ce qu'on doit faire ?

Génie ne répond pas tout de suite. Elle examine le portrait. Elle passe très doucement un doigt sur les craquelures.
— Ce que je sais, Adrien, c'est que je ne veux pas te perdre ! »

# 10

Chez le papa de Josie, je suis restée très longtemps. Lui, il est mort un après-midi, d'une sorte d'étouffement, cela faisait deux mois que je voyais bien qu'il se traînait. C'était pas un homme à aller se plaindre et à visiter docteurs et hôpital. Le matin, il s'est couché sur le sofa défoncé juste sous mon tableau et il m'a dit : « Toi, ma toute douce, tu ne changes pas, mais moi, j'suis plus qu'un vieux manche de bêche tout juste bon à brûler au feu. J'suis content que tu sois restée, tu sais, autrefois, j'aurais bien fait un bout d'amour avec toi, mais notre destin l'a pas permis ! Ça ne fait rien, t'es quand même là, avec moi et si je dois fermer les yeux c'est toi que je verrai juste avant d'aller saluer le Bon Dieu. — Parle pas comme ça, mon cher, t'es encore du bon bois, peut-être un peu dur et sec à présent, mais du bon bois tout de même ! — Ah, ça c'est sûr, ma Rialta, si t'avais voulu ! Après avoir dit ça, il a fermé les yeux et il a commencé à respirer comme un vieux mulet couché sur sa paille. Moi, je savais. Quand j'ai vu qu'il allait décidément du côté du Bon Dieu, je me suis tournée vers lui et je lui ai donné toute l'odeur de mon corps, celle qu'il n'avait jamais bue. Il a souri comme s'il avait senti le parfum des anges puis il est mort. Josie m'a gardée à la même place, elle est devenue une belle fille à présent, la maison est propre et bien tenue. Faut la voir donner ses coups de balai, allumer son feu le matin, éplucher ses légumes, désosser le poulet, c'est toujours chez elle une bonne fumée de ragoût, cette fille, elle a de l'avenir, c'est sûr. Et pourtant, pas un amoureux ne passe encore sa porte. Parfois, quand elle me parle, je lui dis — Ma fille, ma toute belle, faut pas que tu restes là à te gâter, t'as donc pas un homme qui voudrait entrer dans cette maison ? — J'attends l'amour, le vrai. Tu sais que ce que voudrais ? Un homme comme Adriano… — Ah, ça, un homme comme lui il n'y en a pas deux, ma chère, je peux te le jurer ! — Ça ne fait rien, j'attendrai. »

Elle a attendu toute sa vie. La rage qu'elle avait qu'il ne soit pas venu, elle l'a passée dans la pension qu'elle a installée en ville. Une vieille bicoque acquise pour quatre fois rien, le toit laissait passer les avalasses de pluie dans les chambres et la véranda était toute crevée. Elle a travaillé dur, ne faisant faire par d'autres que ce qu'elle ne pouvait faire elle-même de ses mains. En quelques mois, la maison a été connue pour sa propreté et sa bonne cuisine et les affaires de Josie ont bien prospéré. Ce qui n'a pas bien prospéré, c'est l'amour. Des hommes, il y en a eu quelques uns, galants et jolis cœurs oui, mais pas assez dignes de lui faire un enfant. C'est pour cela certainement qu'elle s'est occupée des enfants des autres. Elle en avait toujours deux ou trois que les mamans lui confiaient. — Tiens, Josie, je t'amène la petite, aujourd'hui on part vendre au marché des Gonaïves, j'la reprendrai après-demain. C'est comme ça qu'elle est devenue man'Josie. Et que Génie est venue à la maison. Son père avait un poste au consulat de France et sa mère travaillait aussi.

Génie... Celle-la, jamais j'aurais cru qu'elle me prendrait mon amour. Diablesse, elle l'était, fallait l'entendre dévaler l'escalier et mettre toute la cuisine sens dessus dessous ! Et pour les jeux, un vrai casse-cou, plus intrépide que les garçons, toujours fourrée dans les arbres. Mais diablesse aussi en amour, ça je pouvais pas l'imaginer ! Elle si gentille, — man'Josie calin, man'Josie chérie. — Viens ma Génie, ma douce, viens *ti fiy*, viens avec maman. Je l'aimais bien, elle ne manquait jamais de me saluer quand elle entrait dans la chambre de Josie. — Tu vois, Génie, la belle dame c'est Rialta, une grande amie de mon papa. — Elle est belle, man', mais elle va toujours rester comme ça, couchée toute nue ?

Un homme comme Adriano, il n'y en a pas deux, je l'ai juré autrefois à Josie. Je me suis trompée : il y a Adrien.

*

*  *

Adrien observe la toile. Les craquelures ont progressé, elles atteignent à présent les bras de Rialta. Cette histoire de tableau lui laisse une impression bizarre, qu'il ne peut pas définir, mais quand il observe la transformation de Rialta, il se sent coupable. Presque au point de penser à retrouver Génie ailleurs que chez lui, au moins le temps que Rialta redevienne comme avant. Et moi qui me suis moqué de Jeanne qui voulait l'enfermer dans un placard ! J'en suis au même point, et en pire ! Les femmes sentent des choses que nous les hommes nous ne savons même pas apercevoir tant qu'elles ne sont pas sous notre nez et quand on nous les dit, nous ne sommes pas capables de les admettre, certainement parce que nous ne les avons pas devinées nous-mêmes. Génie sait et moi je ne comprends rien. Sa maman Josie sait et moi je crois que je rêve. Rialta sait et moi j'imagine de lui cacher mes rencontres avec Génie. Un jour Génie m'a dit très sérieusement : « Une mine est toujours enfermée dans l'objet qui la contient… » J'ai tourné cette phrase dans tous les sens : une mine enfermée dans un crayon, sans elle il ne sert à rien, une mine d'or enfermée dans une veine de quartz, de charbon dans la terre, une mine d'explosif enfermée dans sa boîte, une mine de chatte derrière ses moustaches et ses yeux de lune verte, une mine de clown dans un nez rouge et des larmes de farine, mine d'enterrement, triste mine, bonne mine, mauvaise mine, mine de rien… Rialta est un amour enfermé dans un tableau. — Tu me regardes, mon amour, à quoi penses-tu ? Moi, je ne pense qu'à toi. — J'essaie de ne pas penser, Génie vient ce soir.

*

*  *

Adrien regarde dans la chambre les petites bougies que Génie a allumées tout autour de leur lit avant de le rejoindre. Devant son air étonné, elle lui a seulement dit en posant sa main sur sa bouche : « Je sais ce que je fais, ne dis rien. » La lumière joue dans les ombres du plafond, et sur les murs elle vient par moments lécher le corps de Rialta.

Ce n'est d'abord qu'un battement très lointain et très lent, le souffle sourd d'un rythme. Il se rapproche, il se fait plus insistant. À présent il bat aussi dans la chambre, il fait vibrer le bois du lit, résonne sur les murs, il fait vaciller la flamme des bougies, ce sont deux tambours, un troisième s'allume puis encore un autre, toute la pièce se met à leur rythme et les corps aussi. On entend le piétinement des danseurs, l'odeur des bougies et la chaleur suffoquent.

Dès que Rialta a entendu résonner le tambour, elle a compris. Ce n'est plus la chambre d'Adrien, c'est là-bas, la cérémonie autour du *poto-mitan*, elle sent l'odeur du sang frais du coq, de la sueur des danseurs dans la poussière de la terre battue et des rasades de rhum, elle voit les mains des musiciens qui claquent les tambours en cadence dans la lueur des bougies. Elle sait. Elle attend elle aussi la sainte, Erzulie, la sainte des cœurs et de l'amour, celle qui l'a toujours protégée. Elle veut s'offrir à elle, que ce soir elle la choisisse et qu'elle la fasse descendre du tableau où ce sorcier de Joachim l'a enfermée. Elle pourra alors prendre et aimer Adrien et il la gardera toujours près de lui.

Génie rejette le drap. — Ne nous couvre pas, je ne veux pas que nous soyons cachés. Je veux qu'elle voie comment moi aussi je peux t'aimer, je crois que c'est ce qu'il y a de mieux, pour elle et pour nous. Quand elle s'enfonce en lui, Adrien perçoit le tambour qui bat à présent dans le ventre de Génie. Le battement est très fort, elle s'est renversée en arrière, les yeux grands ouverts, la sueur colle les boucles de ses cheveux sur son front et ses tempes, ses épaules et ses hanches se parcourent de tressaillements cadencés, elle est devenue tambour. Battement puissant, danse rythmée des mains sur la peau tendue, Adrien est tambour lui aussi, le tam-tam frappe dans sa tête, s'enroule sur sa nuque, vibre ses reins à chaque claquement. Génie est toujours renversée en arrière, elle a fermé les yeux et son corps se trempe de sueur. Elle sourit, dents comme un collier de nacre. Le tambour s'accélère, maintenant il tape violemment sur les murs, il fait danser les bougies, la chaleur est de plus en plus forte. Génie danse profondément sur le corps d'Adrien enserré dans le sien. Elle se met à grogner, à dire des mots qu'il ne comprend pas, puis elle pousse un cri — Man'Zulie, man'Zulie ! Elle reste un instant immobile puis doucement, elle se colle au ventre d'Adrien, le tambour ralentit, s'allège jusqu'en un effleurement cadencé, elle a la peau très chaude et humide. C'est elle à présent qui fait résonner les battements dans le corps d'Adrien, le rythme redevient plus rapide, il ondule les ventres et les hanches, il reflue puis revient. D'un coup, il se fait plus fort, chaque battement est désormais une brûlure jusqu'à l'étincellement de leur libération – mon amour... Adrien écoute les derniers frissons de son corps contre celui de Génie.

Rialta les regarde. Elle ne pleure pas. Man'Zulie protège aussi Génie et elle a choisi. Rialta s'est tournée vers eux, elle a elle aussi le corps tout en sueur, elle sent encore vibrer le tambour dans son ventre, le même que celui qui résonnait au fond d'Adrien et de Génie. Elle a regardé Génie aimer Adrien et le plaisir qu'elle lui a donné avec le dernier battement du tambour, elle le lui a donné au même moment et elle lui a murmuré elle aussi – mon amour...

Elle se souvient du jour où Génie est partie de Haïti. Man'Josie renifle dans sa cuisine en s'essuyant les yeux avec un coin de son tablier. Les parents de Génie sont pressés, ils sont seulement venus avec elle pour dire adieu. Génie a le visage dur, elle ne pleure pas, elle se tient droite tandis que sa mère promet de donner des nouvelles. — Allons, Eugénie, c'est l'heure, il faut partir, va embrasser Madame Josie. Eugénie ne bouge pas. Soudain, elle file dans l'escalier jusqu'à la chambre de Josie. — Rialta ! Je veux que tu viennes avec moi ! — Mais ma fille, il faut demander la permission à ta man'Josie ! Ni une ni deux, elle me décroche du mur et me redescend dans la cuisine de la pension. La permission de man'Josie elle l'a eue, mais pas celle de ses parents. Le père, il était à peu près d'accord, vu que tout de même je suis agréable à regarder, mais sa femme... C'est Josie qui a insisté. — Je ne peux rien lui donner d'autre en souvenir à la petite, elle aime bien le portrait de Rialta et comme ça, elle se souviendra de sa vieille maman de Haïti. J'ai bien vu la tête de sa mère quand elle a dit maman, j'ai cru qu'elle allait répondre, mais peut-être qu'elle a compris que ce ne serait qu'une méchanceté et elle n'a rien dit. Le père m'a emportée et m'a mise dans la malle de la voiture. C'est comme cela que j'ai retrouvé l'Europe grâce à Génie. Chez elle je me suis tout de suite aperçue qu'on ne cherchait qu'à se débarrasser de moi. Il n'y a pas un mois que je suis arrivée que la mère de Génie m'a déjà montrée à deux marchands de tableaux. Elle a fini par convaincre le troisième quelques semaines plus tard et j'ai atterri comme d'habitude dans une vitrine. Puis j'ai habité chez des gens où je me suis ennuyée. Pas un regard, pas un petit mot, pas une tendresse ni une douceur, je ne suis qu'une exhibition exotique, ornée d'un palmier nain dans un pot près de mon tableau, dans un salon plein de souvenirs de pays où ils ne sont jamais allés et de voyages qu'ils n'ont pas faits. Quand ils sont passés aux souvenirs japonais ou chinois, le décor a changé en même temps que les tapisseries et les meubles du salon et je n'ai plus eu ma place, moi la belle négresse nue de Haïti.

Adrien est allongé sur le dos, Génie s'est blottie contre lui. Les bougies une à une se consument mais il y a encore assez de clarté pour qu'il puisse voir le tableau. Rialta l'attire, il la regarde. Dans la pénombre, il est sûr qu'elle le regarde elle aussi et qu'elle lui sourit. — Tu ne vas plus t'effacer, dis ? — Non, mon amour, je reste près de toi, pour te voir si beau quand tu es heureux. Tu avais le beau visage que j'attendais, celui que nous t'avons donné toutes les deux. — Toutes les deux ? — C'est une question dont tu ne peux comprendre la réponse. Tu n'es plus seulement Adrien, tu es Gianni et Adriano et aussi tous ceux que j'ai aimés. — Comme une nostalgie de l'amour ? — Peut-être Adrien, mais une nostalgie présente et vivante.

*

*     *

Il s'est endormi. À l'arrière de la salle, dans leurs petites boîtes rouges, les bougies lancent des lueurs vives sur l'autel. Man'Josie, la mère-de-saint, passe une main sur son visage pour en écarter la sueur. Les assistants ont regagné leurs places, ils se sont assis et battent encore des mains au rythme des derniers tambours. Il fait très chaud sous le toit de tôle de la case. L'air est plein de l'odeur fade du sang du coq au pied du *poto-mitan*, de l'odeur âcre des corps en sueur les uns contre les autres, de l'odeur douce du rhum, de celle sucrée des fleurs, des odeurs mélangées dans la poussière de la terre tant battue par les pieds des danseurs. À terre, la jeune fille que le *loa* de man'Erzulie a choisie, gémit doucement, le jupon de coton blanc relevé sur les cuisses nues, les battements des tambours veulent l'aider à se relever, mais elle ne le peut pas, si moulue, si brisée encore par la danse imposée par la sainte. Adrien regarde. Il serre le bras de Médée. Lui, un peu saoul, il lui sourit. — Mon cher, on peut dire que t'as de la chance, je n'ai moi-même jamais vu ça ! Erzulie s'est déchaînée ce soir ! Génie se relève lentement, elle vacille un peu, s'appuie au *poto-mitan*, elle rabat son jupon et sa robe sur ses cuisses, elle essuie ses tempes mouillées avec sa manche et elle va vers lui. — Tu es là, Adrien, tu es là mon amour !

Elle se serre un peu plus contre lui. — C'est bon de te sentir contre moi... Les tambours sonnent doucement, ils sont lointains mais ils s'enfoncent à nouveau dans son ventre. Les voiles que gonfle le vent autour du mât lancé droit vers le ciel les emportent naviguer. C'est une mer caraïbe, une mer de douce houle, une eau tiède de miel, ils accostent chavirés par les vagues sur une plage de terre noire et d'écume, baignés de langues de soleil et de morsures de sel, et Rialta murmure — L'amour est douceur de brûlure, tu t'en souviens Génie, c'est ce que tu disais mais tu ne savais pas encore ce que c'était. — Maintenant, je le sais et c'est cela seulement que je veux.

*

* *

Ma place sur le grand mur du salon s'est perdue dans un décor de rizières laquées lentement traversées par des buffles lourds, de chapeaux coniques couvrant des hommes aux jambes nues et de petits ponts peints en rouge d'où une dame sans expression, dans son visage impassible de plâtre, une ombrelle minuscule à la main, regarde une eau qui ne va nulle part. J'ai été heureuse de quitter cette maison qui ne voulait plus de moi. Même le palmier nain qui rehaussait si bien mon teint est parti. Cette fois, pas de vitrine d'un marchand de curiosités, mais un appartement, un homme seul, très brun, cheveux drus et noirs, bouche tendre. Un sourire qui ressemble à celui de Gianni, mon ingénieur italien de la campagne de Port-au-Prince. Je l'aime déjà, je sais qu'il m'a choisie. Quand il me parle, ce n'est qu'en espagnol, comment sait-il que c'est la langue que je préfère, il le parle avec un accent qui rappelle vaguement celui de Cuba et des îles. Je suis dans sa chambre, une pièce toute tendue de bleu, avec pour seuls meubles un lit immense, une commode et une table, le tout de bois très sombre. Je sais qu'il s'appelle Vladia, c'est le nom qu'ont dit les gens qui m'ont donnée à lui, ceux qui ont changé leur décor. Vladia, c'est un drôle de nom, que je n'ai jamais entendu, mais je trouve qu'il lui va très bien. Vladia est souvent triste. Il reçoit très peu et jamais dans sa chambre. Ce qui fait que quand il se couche, il est seul avec moi. Je crois qu'il est parfois un peu ivre le soir, parce que quand il me parle, il dit des choses si étranges qu'il faut bien avoir bu pour les dire à un portrait. Il me dit que je suis la seule femme qu'il ne veut pas oublier. Il est fou mais il me plaît. J'aime la peau brune de son corps et celle très blanche là où le soleil ne l'a jamais caressée. J'aime ses cheveux sur l'oreiller, j'aime sa bouche entr'ouverte quand il dort, j'aime le dessin renflé de son ventre sous le drap. Vladia se lève très tôt le matin, il fait encore nuit, la nuit c'est son monde, un ciel d'étoiles que lui seul peut voir quand les nuages sont bas, il ne manque jamais une légère caresse sur mon corps quand il se lève, où va-t-il, je ne le sais pas, mais tout ce que je sais, c'est que son premier geste m'appartient.

Il lui arrive de rentrer tard, il y a parfois deux ou trois hommes avec lui dans le salon, je les entends parler fort, comme s'ils se disputaient. Ils parlent eux aussi en espagnol. Mais je crois que Vladia les commande, car quand il parle plus fort, tous les autres se taisent. Ils passent une bonne partie de la nuit à parler et moi je les écoute. Ils parlent de la révolution. Vladia est un révolutionnaire. Il se cache ici pour préparer la révolution dans son pays. Depuis que j'ai découvert son secret, je le regarde avec beaucoup d'admiration. J'aime bien les révolutionnaires parce qu'ils sont des hommes en colère mais qu'ils peuvent rêver aussi.

Quand il dort, j'imagine qu'à la tête de son groupe il court à l'assaut du palais présidentiel, sous les balles des fusils des soldats qui reculent en tirant. Tous les magasins sont fermés, leurs rideaux de fer baissés, la peur a fait se déserter les rues. C'est là le jour de la révolution. On tire de partout. Vladia est très beau avec sa chemise blanche ouverte sur sa poitrine offerte aux balles, mais aucune ne l'atteint mortellement car il est plus courageux et plus habile que tous les autres. Il a quand même été blessé, un coup de fusil mal ajusté par un soldat maladroit lui a fait une large déchirure sur le torse et son sang très rouge a souillé sa chemise. C'est lui qui entraîne ses hommes à sa suite et grâce à son audace, ils parviennent à pénétrer dans le palais du président. Il y a beaucoup de cris, de la fumée, des explosions et des coups de feu, puis peu à peu le silence et Vladia se tient alors au balcon du palais qui donne sur la place de la Constitution, il est entouré de ses meilleurs compagnons et il brandit le poing en signe de victoire. Je fais comme les autres femmes, je lui jette des brassées de fleurs et de baisers et nous crions à tue-tête : « *capitan Vladia, capitan Vladia !* » Mais lui, il se penche vers la foule, le pistolet encore à la main et malgré sa blessure, il se met à parler. Il parle du tyran, de la révolution, il parle du peuple et de la liberté. Sa voix est pleine de ses colères et de ses rêves. J'en ai les larmes aux yeux. Je m'avance au-devant des gens qui se sont rassemblés pour l'acclamer et l'écouter. Il me voit, il s'arrête de parler et il me crie : « Tu es venue, Rialta, mon amour ! » On me regarde et les révolutionnaires, tous des hommes dépenaillés, certains pieds nus, des visages sales et farouches tout mangés de barbe, mais des yeux brillants et magnifiques, me font avancer jusqu'au palais, « place à la femme *d'el capitan* ! » C'est ce que je vois quand il dort, depuis que je sais qu'il est révolutionnaire. Il dort plutôt paisiblement, ce soir il a beaucoup parlé et il n'a pas trop bu. Avant de se coucher, il m'a regardée et il m'a dit : « C'est pour bientôt, ma belle, tu vas entendre parler de Vladia ! »

La seule chose que j'ai entendue, une semaine plus tard, c'est la sonnette à six heures du matin. Des inspecteurs de police envahissent l'appartement, ils le cherchent mais lui, il est déjà parti, ils ne savent pas qu'il s'en va dans la nuit. Ils fouillent partout, ils renversent les tiroirs des meubles, dans la chambre ils retournent le matelas et défoncent le lit, puis ils repartent. L'un d'eux, un jeune homme au visage propre et bien rasé, me regarde méchamment et me dit : « Toi, tu dois savoir où il est, salope de négresse ! »

Vladia n'est pas revenu. Il doit se cacher. Mais je suis sûre qu'une belle matinée de soleil, il est allé en riant à l'assaut du palais du président de son pays.

*

* *

« Il faut que je parte.

— Je ne veux pas que tu partes !

— Mais tu sais bien, mon mari…

— Je me fous de ton mari ! Quitte-le !

— Ce n'est pas aussi facile que tu le dis, je vais devoir expliquer…

— Il n'y a rien à expliquer, seulement à dire que tu m'aimes et que tu pars.

— Non, Adrien, les choses ne se font pas comme ça, si simplement.

— Ah bon ? Pourtant entre toi et moi, elles se sont faites…

— Laisse-moi du temps, je t'en prie !

— Pardonne-moi, j'ai tant de mal à imaginer ton autre vie.

— Ma vraie vie, c'est toi, tu le sais.

— Oui, mais il faut encore une fois que tu partes !

— Ne dis plus rien. Tout ce que tu vas dire me fera du mal. Embrasse-moi. »

Génie est partie. Dimanche fin d'après-midi, dans la cuisine le verre qu'elle n'a pas fini de boire, sa tasse de café sur la table. Parfum de ses vêtements sur les coussins du canapé du salon. Odeur de son corps dans les draps et sur son oreiller, odeur dans la chambre, odeur dans la salle de bains. Il la respire, elle le pénètre et il a du désir. Petites traces d'elle qu'elle lui a laissées. Il a envie soudain de crier.

— Ce n'est pas la peine que tu cries, mon chéri, Génie restera un jour près de toi. — Tu n'es pas jalouse ? — Je ne le suis plus, je sais qu'elle t'aime autant que moi. — Oui, mais son mari ? — De quoi tu t'occupes, ce sont ses affaires, tu n'y comprends rien, fais-lui confiance, elle sait très bien ce qu'elle veut et ce qu'elle doit faire. — Je me suis emporté, je n'aurais pas du, elle n'avait pas besoin de ça, certainement — Tu as dit ce que tu voulais qu'elle entende, mais elle le savait déjà. Quand Gianni est parti rejoindre sa femme et ses enfants, j'ai eu envie de crier pour qu'il reste, mais je ne l'ai pas fait, cela ne servait à rien, il savait ce que j'aurais pu lui dire — Résultat, il n'est jamais revenu ! — C'est vrai, mais lui crier qu'il ne parte pas n'aurait rien empêché. Génie est venue vers toi, elle t'a choisi et Erzulie la protège, tu dois savoir attendre. — C'est parfois difficile, mais j'attendrai. — Je te préfère comme ça, mon amour, quand tu gardes tes passions pour les bons moments ! Et puis je suis là, non ?

— Tu es là, dans ton tableau, et comme ça c'est facile de me faire la leçon ! — Ah, si tu savais, Adrien…

— Quelle heure est-il, il est bien trois heures… Tu me rappelles Vladia, quand il entrait dans sa chambre épuisé par ses discussions politiques et qu'il se couchait un peu ivre, comme toi hier soir. Tu dors sur son oreiller et je sais que tu veux rêver d'elle. Elle te manque ? Mais moi je suis là, je te l'ai dit. Je ne veux pas que tu dormes seul cette nuit. Tu sentiras à peine ma présence, je ne serai que ton rêve. Rialta s'approche du lit. Elle soulève le drap et se glisse à côté d'Adrien sans le réveiller. Sa main se pose très doucement sur son torse, elle le caresse, il soupire et il se tourne. Elle est contre son dos, sa main effleure l'épaule puis les reins, il soupire et se retourne, il est contre elle. Elle est immobile, juste sa main posée sur sa cuisse. Elle ressent la respiration de son ventre contre le sien, elle l'attend. Les tambours sont revenus, le rêve d'Adrien est à présent un battement dans son corps. Tambours qui battent, tourbillons de chaleur, tambours qui battent et des vagues d'écume l'emportent. – mon amour…

*

*   *

« Regarde comme Rialta va mieux ! Les craquelures ont presque toutes disparu et jamais je ne l'ai vue aussi illuminée de couleur !

Génie rit.

— Elle est amoureuse, c'est ce qui la rend si belle !

— Mais tu dis ça en riant, et pourtant tu sais très bien de qui elle est amoureuse, de moi, c'est toi-même qui me l'as dit.

— Si elle l'avait voulu, je t'aurais peut-être perdu, Adrien. Tu n'aurais pas supporté qu'elle disparaisse du tableau, car tu l'aurais fait mourir à cause de moi. Depuis l'autre nuit, elle a m'a acceptée et maintenant, nous sommes deux à t'aimer.

— Qu'elle m'aime si elle veut, mais ce n'est qu'avec toi que j'aime faire l'amour, ma Génie.

Elle éclate de rire.

— Tu en sûr ? Est-ce que je sais, moi, ce que vous faites quand je ne suis pas là ? Ne prends pas cet air ahuri, oserais-tu me raconter tes rêves quand je ne dors pas avec toi ?

Adrien se trouble.

— C'est vrai que je fais souvent des rêves très... disons très agréables et que c'est comme si tu venais me rejoindre alors que tu es chez toi.

— Tu vois !

— Il y a une chose que je voulais te demander, comment as-tu perdu le portrait de Rialta ?

— C'est simple. Quand nous sommes rentrés en France, j'avais réussi à l'emporter avec moi, puisque ma maman Josie me l'avait donné. Mais ma mère s'en est débarrassé, Rialta ne lui plaisait pas du tout, je crois surtout que c'est parce qu'elle plaisait à mon père. Elle a fini par la détester et un jour le tableau a disparu de la maison. J'étais encore trop jeune pour me révolter contre cette injustice. Je n'ai pas su ce que le tableau était devenu, puis très longtemps après, j'en ai entendu parler par hasard. J'étais allée assister à une conférence au sujet de la question sociale en Amérique latine. Tu sais comment sont ces réunions, il y a des tas de gens, et à la fin, les intervenants invités participent à un buffet où on peut leur poser librement des questions, certains en profitent même pour dédicacer leurs bouquins. J'ai fait comme les autres et je me suis trouvée en discussion avec un de ceux qui avaient pris la parole, un homme qui m'avait pas mal impressionnée. C'est un ancien ministre ou président de je ne sais plus quelle république d'Amérique centrale. À l'époque où ça se faisait encore par idéal, il animait un parti révolutionnaire et il avait réussi à prendre le pouvoir en faisant une vraie révolution comme dans les films. Il n'y est pas resté longtemps, le pays a été rapidement paralysé par les grands propriétaires et les compagnies multinationales et il a préféré partir plutôt que d'accepter la guerre civile. Il est devenu professeur à l'étranger et puis quelque chose comme délégué des Nations unies dans le domaine humanitaire. Nous avons beaucoup bavardé et je ne sais plus comment c'est venu, nous discutions de la peinture en Amérique centrale et dans les Caraïbes quand il m'a parlé du tableau de Rialta. Il est la dernière personne que j'ai rencontrée à l'avoir possédé. Qu'était-il devenu, il n'en savait rien, à cette époque il était recherché par la police et il avait du s'enfuir en laissant son appartement à Paris. C'était peu de temps avant qu'il ne réussisse à retourner dans son pays pour y faire la révolution. Selon lui, la propriétaire qui lui louait l'appartement l'avait conservé ou bien donné à vendre à un marchand de tableaux. Je n'étais pas très avancée, mais je me suis dit que si Rialta était demeurée en France, il me restait une chance de la retrouver. J'ai contacté je ne sais plus combien de marchands et de galeries spécialisées dans l'art haïtien, personne ne se souvenait d'elle et ce n'est qu'il y a quelques mois, après des années, que je l'ai découverte ici, dans la galerie de la vieille ville, la seule où je n'avais pas pensé à mettre les pieds ! Elle y était depuis plus d'un an, tout près de moi et je la cherchais encore ailleurs.

— Dis, Génie, ce tableau est à toi, puisque c'est Josie qui te l'avait offert. C'est comme si on te l'avait volé, qu'il soit passé de mains en mains pendant des années, puis que tu l'aies retrouvé. Moi, je ne suis que le dernier de la liste de tous ceux qui l'ont eu sans savoir qu'il était à toi. Je considère qu'il t'appartient.

— Rialta appartient à qui elle veut et je crois que c'est toi qu'elle a choisi.

— Peut-être, mais moi je t'ai choisie.

— Cela revient un peu au même…

— Comment ça, cela revient au même ? Toi, tu es vraiment vivante et tu es là avec moi, je peux te toucher, te parler, te sentir.

— Souviens-toi de ce que je t'ai dit la première fois que nous avons parlé du tableau. Il y a des choses qui ici sont des mystères à peine croyables mais qui sont parfaitement admises ailleurs. Rialta et moi ne sommes pas des rivales, même si au début il y a eu entre elle et moi ce que je pourrais appeler quelques malentendus. Elle est une part de moi et moi je suis aussi une part d'elle, c'est comme si nous étions l'envers l'une de l'autre. Nous sommes à la fois deux et une à t'aimer, et toi, tu dois nous aimer de la même façon. C'est bien ton anniversaire aujourd'hui ? J'ai une surprise pour toi, mon amour, regarde ce que je t'ai apporté. »

Adrien défait le grand paquet enveloppé de papier brun. C'est un tableau. Sur un canapé rouge, près d'une corbeille de fruits, un collier de grosses perles de nacre sur la poitrine, Génie est allongée, nue, les bras nonchalamment noués sous la nuque.

Achevé d'imprimer en février 2016
sur les presses de la Nouvelle Imprimerie Laballery
58500 Clamecy
Dépôt légal : février 2016
N° d'impression : 601220

*Imprimé en France*

La Nouvelle Imprimerie Laballery est titulaire de la marque Imprim'Vert®